ナン・シェパード

いきている山

芦部美和子・佐藤泰人 訳

みすず書房

THE LIVING MOUNTAIN

by

Nan Shepherd

First published by Aberdeen University Press, 1977

The translation of this title was made possible with
the help of the Publishing Scotland Translation Fund.

Publishing
Scotland
Foillseachadh Alba

いきている山　目次

① グランタウン・オン・スペイ［町］
② スペイ川
③ ボート・オブ・ガーテン［村］
④ ロッホ・ガーテン
⑤ アヴィモア［町］
⑥ ロッハン・ウアーニャ（緑の湖）
⑦ アーン川
⑧ ロッホ・アニーラン
⑨ ロッホ・モーリッヒ
⑩ ケアン・ゴーム山
⑪ スコーラン・ドゥ
⑫ ロッホ・コーラ・アン・ロッハン
⑬ ラリグ・グルー［谷］
⑭ ロッホ・アーン
⑮ フェシー川
⑯ ロッホ・イーニッヒ
⑰ ブレーリアッハ
⑱ ウェルズ・オブ・ディー（ディーの泉）
⑲ プールズ・オブ・ディー（ディーの池）
⑳ ロッホ・エチャハン
㉑ ベン・マクドゥーイ
㉒ ベン・ア・ヴアード
㉓ ベン・アーン
㉔ ガーヴ・コーラ
㉕ ケアントゥール
㉖ ドゥ・ロッホ（黒い湖）
㉗ デリー・ロッジ
㉘ ベン・ヴロタン
㉙ コイッヒ川
㉚ ブレマー［村］
㉛ スルーガン川
㉜ ディー川
㉝ インヴェレイ［村］
㉞ モローン山

［訳者注］
原本で使われている地図を用い，地名に番号を付した.
なお，ベン（Ben / Beinn），ロッホ（Loch），ラリグ（Lairig），コーラ（Coire），ケアン（Cairn）はゲール語でそれぞれ山，湖，峠道，圏谷，石の山を意味する.

The Cairngorms
ケアンゴーム山群

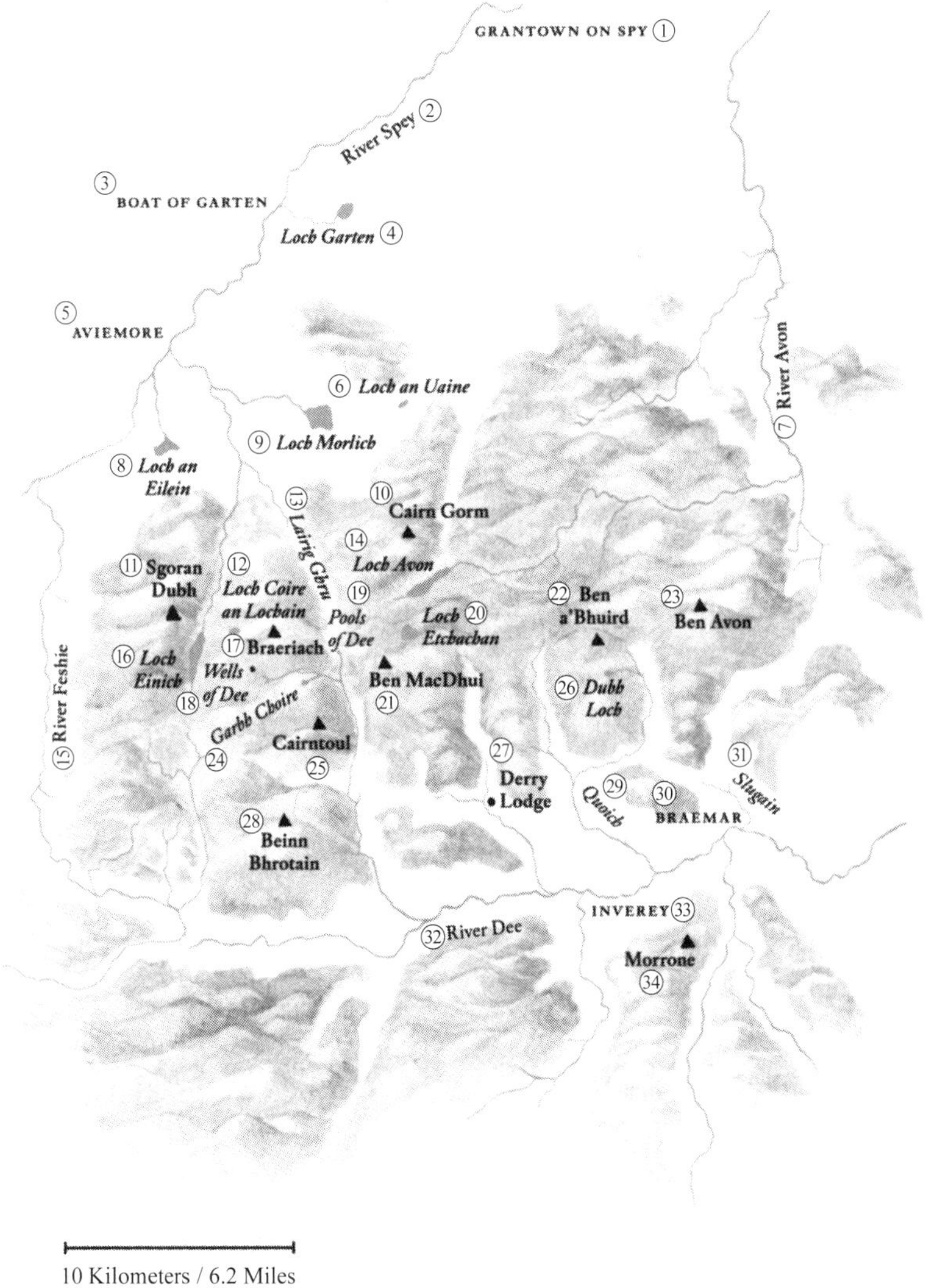
GRANTOWN ON SPY ①
River Spey ②
③ BOAT OF GARTEN
Loch Garten ④
⑤ AVIEMORE
⑥ Loch an Uaine
⑦ River Avon
⑧ Loch an Eilein
⑨ Loch Morlich
⑩ Cairn Gorm
⑪ Sgoran Dubh
⑫ Loch Coire an Lochain
⑬ Lairig Ghru
⑭ Loch Avon
⑮ River Feshie
⑯ Loch Einich
⑰ Braeriach
⑱ Wells of Dee
⑲ Pools of Dee
Loch Etchachan ⑳
Ben MacDhui ㉑
㉒ Ben a'Bhuird
㉓ Ben Avon
Garbh Choire ㉔
Cairntoul ㉕
㉖ Dubh Loch
㉗ Derry Lodge
㉘ Beinn Bhrotain
㉙ Quoich
㉚ BRAEMAR
㉛ Slugain
㉜ River Dee
INVEREY ㉝
Morrone ㉞
10 Kilometers / 6.2 Miles

ナン・シェパード
（スコットランド国立図書館— National Library of Scotland —所蔵）

序

三十年など、山の一生においては取るに足りない——まばたきほどの一瞬だ。しかし、この本が書かれてからの三十年、ケアンゴーム[1]にはたくさんのことが起こった。劇的なこと、新聞やテレビで取り上げられるようなこともあった。

・アヴィモア[2]の町が爆発的に発展し、今も発展を続けている。
・何台ものブルドーザーが山の中に「押し入って《バーズ》」[3]いる。
・今まで道路などなかったところに道路が作られては、作り直されている。
・勢いも威勢もいいが、コントロールの効いた滑りを見せるスキーヤーたち——優美と精緻の奇跡――が急降下し、空に舞う。または雪に突っ込んでもがく。どちらにしても大興奮で。

・チェアリフトが揺れながら上り、揺れながら下っている（小さな男の子がそのひとつから落ちて死んでしまった）。

・山の高いところでレストランが繁盛する。レストランとケアン・ゴーム山[4]山頂のあいだが薄汚くなってきている。あのたくましいヘザー[5]ですらブーツに踏みしだかれ、みすぼらしくなってしまった（ブーツを履いた人で溢れ返り、度を越した賑わいを見せているが、実際、どれだけの人がどれほど心を高鳴らせているのか）。登山者たちのために新しい避難小屋が設置された。ミュア・オブ・インヴェレイの小屋が増築され、ケアンゴーム・クラブ会員のための宿泊設備として整えられた[6]。会員たち自らが床を張ったり二段ベッドを組み上げたりした。

・グレンモア[7]が、山で学ぼうとする人たちに住む場所を提供し、彼らを訓練している。さまざまな技術が教えられ、試されている。若い兵士たちが「冒険」の技術を学んでいる。オリエンテーリングをやる人たちがケアンゴームじゅうを歩いている（ただしラリグ・グルー[8]は、これまでのところ国の公式ルートとなるほどには飼い馴らされていない）。

・トナカイ[9]はすでに実験段階を過ぎ、定住者となった。

・自然管理委員会[10]は鳥や獣や植物のためのサンクチュアリを提供している（一方で、ケアンゴームを放浪する人々を制限してもいる。私自身はそういう放浪者――隅々を覗き込む者――を自認して恥じるところはないのだが）。

・生態学者たちは植生パターンや浸食の問題を調査し、裸になった山の斜面に新たに種を蒔いている。

・山岳救助隊は素晴らしい仕事をしている。怪我人をヘリコプターで岩棚から吊り上げ、遭難者を発見し[11]、憔悴しきった人を安全な場所まで運んでいく。

・しかし、救えない人たちもいる。男性一名と若い女性一名が発見されたが、数ヶ月遅すぎた発見だった。二人とも山道を遠く外れたところで見つかり、女性の方は雪溜まりをかき分け這い進んだために、手と膝が擦りむけていた。彼女の生きていた頃の顔が今でも思い浮かぶ（彼女は私の学生の一人だった）。健全で、熱意のある、幸せそうな顔。おばあさんになるまで生きるべき子だった。七十人の男たちが犬たちを連れ、一機のヘリコプターを飛ばし、戻ってこない単独スキーヤーの捜索に出た。彼は遺体となって発見された。それから、学校の生徒のグループが行き暮れ、その夜を過ごせたはずの小屋を見つけることができず、雪の壁を風除けにして夜を過ごした。が、朝になってみると、女性ガイドの英雄的奮闘にもかかわらず、生き残ったのは彼女と少年一人だけだった。

これらのことはすべて人間に関することばかりだ。しかし、彼ら人間の背後には山それ自体が、山の実体、山の力、山の構造、山の気候がある。山は、人が山に対して行うこと、山の上で行うこと、そのすべての基盤なのだ。山がなかったら、人はこれらのことをできなかった。だから、この三十年という月日は人間のやることを変えたかもしれないが、山を知ることそのものは、今も変わらず人間の技術の根本であり続けている。それこそが、三十年前に私がこの原稿でやろうと奮闘したことだった。原稿は第二次世界大戦の後半と直後の数年に書かれた。混乱する不確かな世界で、この原稿は私にとって心が安らげる秘密の場所だった。当時これを読んだ唯一の人はニール・ガン[12]で、彼がこれを気に入ったのも不思議ではなかった。私が言葉で表現しようと奮闘していたまさにその経験において、二人の心は出会ったのだから。彼は出版に際していくつか助言をくれたが、こういう時世だから出版社を見つけるのは難しいだろうとも付け加えた。彼の言葉に背中を押され、一社に手紙を書いたが、丁重な断りの返事を受け取った。原稿は引き出しの中にしまわれ、それ以来そこにずっとあった。今、歳も歳だしと身の回りのものを片付け始めているとき、この原稿をまた手にとって読んでみた。私の山との交流の物語は、今でも、書いた当時と同じく妥当性を持つと分かった。それが愛の交わし合いであったことに間違いはないのだが、情熱を持って追求した愛は、知へと続く道だったのだ。

ナン・シェパード　一九七七年八月

一、プラトー

プラトー（高原）[1]の夏は、美味なる蜂蜜にもなれば、唸りを上げる鞭ともなる。この場所を愛する人々にとっては、そのどちらもが良い。なぜなら、どちらもプラトーの本質をなすものだから。山の本質を知ること。それこそが、ここで私が試みようとしていることにほかならない。すなわち、生命の営みという知をもって理解しようとすること。これを語るのは容易ではないし、小一時間でできるものでもない。この性急な時代にとって、これはあまりに時間のかかる話であるし、現在《いま》の私たちが抱える深刻な問題に直ちにつながる重要な話でもない。しかし、この話にしか語りえない希少な価値があるのだ。私たちの浅はかな判断を修正してくれる、というのがそのひとつ。つまり、人間は山のことを完全には知りえないし、山との関係における自身についても完全に理解することはできない。どれだけ山を歩いてみても、山は私にとって驚きであり続けている。山に慣れる、などということはないのだ。

ケアンゴーム山群は、より高度の低い周辺の山を形成する結晶片岩と片麻岩を貫いて押し上げられた花崗岩の塊だ。これが氷帽[2]によって削られ、氷や氷河、流れる水の力によって引き裂かれ、粉砕され、えぐられた。ケアンゴームの地形については、地理学の本に書かれている通りだ——何平方マイル[3]にもわたる広大な面積、数多《あまた》の湖、四〇〇〇フィート［約一二一九メートル］以上におよぶいくつもの山頂。しかし、こうした情報はケアンゴームの真の姿の青白い虚像にすぎない。最終的には人間と密接な関係を持つすべての真実と同じく、ケアンゴームの真の姿とは、心の真実なのだ。

このプラトーがケアンゴーム山群の真の頂上だ。この山群はまとめてひとつの山とみなされるべきで、ベン・マクドゥーイ[4]やブレーリアッハ[5]などといった個々の頂《いただき》は、裂け目や深い傾斜によってそれぞれに分けられてはいるが、プラトーの表面に波打つさまざまな渦にすぎない。ここでは、壮大な峰々を見上げるのではなく、これらの頂から目を見張るような美しい谷間を見下ろすのだ。プラトーそれ自体に壮観さはない。地を覆うものは何もなく、目に入るのは岩ばかり。そして、ノルウェーからこちら、このプラトーより高い場所がないために（ベン・ネヴィス[6]の頂上は別だが）風が吹き荒《すさ》ぶ。一年の半分は雪に覆われ、時には一ヶ月のあいだずっと雲が垂れ込める。ここで育つのは苔と地衣類、それからスゲ[7]。六月になるとマンテマ[8]——すなわちコケマンテマ[9]——の茂みが鮮やかなピンクの花を咲かせる。コバシチドリ[10]やライチョウ[11]がその上に巣を作り、岩からは泉が湧き出る。大陸の基準に照らせば高度約四〇〇〇フィート［約一二一九メートル］とたいしたことはないが、ひとつの島にとってはこれで十分だ。風がさえぎられない場所は、つまり視界も妨げられない。天候を安定させるだけの広大な陸地を持たないため、ここの天候もまた島特有のものである。光のグラデーションに合わせて、この場所もくるくると表情を変える。

スコットランドの光は、ほかでは見られない性質を持つ。激しくはないが、極めて自然な鮮明さでどこまでも浸み通ってゆく。だから、晴れた日には、ケイスネス[12]のモルヴェン山[13]からラマミュア連山[14]までを難なく眺めることができるし、さらにはベン・ネヴィスの向こうにモーラー山[15]を見つけることもできる。真夏のある日、私にはその先が見えたのだが、そんなはずはないと説き伏せられてしまった。でも、誓って見えたのだ。地図に記されたどんな山よりも遠くに、くっきりと青く、とても澄んだ小さな輪郭が。地図は私に反論したし、私の仲間たちもこれを認めなかった。私は二度とその姿を見ることはなかった。そんな夏の日には、高さが感覚を麻痺させるのだ。きっとあれは、時を超え、失われしアトランティスに焦点が合わさった瞬間だったのだろう。

プラトーの縁《へり》から流れ落ちるいくつもの渓流は水が透き通っている——アーン川[16]などは実際、清澄さの代名詞にもなっている。その深みを覗き込むと、人はあらゆる時間の感覚を失ってしまう。古い物語の、クロウタドリ[17]の声に耳を奪われる修道士のように。[18]

アーンの流れは透明至極
人から百年騙し取る[19]

その水は白く、その透明度といったら非の打ちどころがない。これを表す比喩すら見当たらないほどだ。激しい雨のあと、陽光に照り輝く葉のない四月のカバ[20]ならば、アーンの水の輝きに近いだろうか。いや、これは少し鮮やかすぎる。川の水の白さは単純素朴だ。生来的に透明なのだ。その性質は「円《まる》さ」や「静けさ」などがそうであるように、極めて自然なものだ。しかし、これほどの完璧な状態に出会うことは滅多にない。だから、この完全無欠な水の姿に遭遇すると、私たちは驚いてしまうのだ。

ガーヴ・コーラ[21]を流れ出て、ラリグの池《プールズ》[22]を出発した渓流と出会ったばかりの若いディー川[23]は、アーン川同様の驚異的な透明度を見せる。透明な水は想像を超えているから実際に見るしかない。人はこれを見に戻らずにはいられない。さらにはもうひとたび。なぜなら、これと離れているあいだ、記憶のなかであの明るさを再現することは不可能だから。このことが、野生の魅力すべて——渓流の源であるプラトーや渓流それ自体、滝や岩床、圏谷の数々——を、そこへ戻る度に新しいと感じさせてくれる理由のひとつなのだ。まさに芸術作品がそうであるように。人間の心は、それらが与えてくれたすべてを持ち帰ることはできないし、持ち帰ったものが現実だったのか、必ずしも信じられるわけではない。

だから人は、その源流へ登りに戻ってくる。ここで川の命が始まるのだ――ディー川、アーン川、デリー川[24]にベニー川[25]、そしてドゥルイー川[26]の。ケアンゴームのプラトーに降る雨や雪、立ち込める雲は、これら純粋だが恐ろしい川に呑み込まれていく。こうした渓流の水は花崗岩から湧き出て、覆うものなど何もないプラトーの上で少しだけ陽を浴びたのち、崖の縁から空《くう》を切って谷底へと落ちてゆく。あるいは、騒がしい音を立てながら雪の吹き溜まりの下に道を拓き、消え去ってしまう。または、岩の表面でもつれ合いながら凍りつき、そこに留《とど》まる。人はその源流を目にするまで川を理解しえないのだが、この源流への旅はそう簡単ではない。その時私たちは自然の霊力[27]の中を歩くことになる。この霊力は人が支配できるものではない。この接触によって、自然の霊力は歩く者自身の内にも呼び起こされる。颪や雪と同様、気まぐれなこの力が。

こんなふうに言うと、ケアンゴームのプラトーにたどり着くのは困難だと思うかもしれないが、そんなことはない。澄んだ空気と、北部特有の夏に降り注ぐ絶え間ない陽の光さえあれば、多少の苦しみを伴うものの、ある程度健脚な人に辿り着けない山頂はない。体力のある歩き手なら二つの山頂にも行ける。縦走しようと思えば、十四時間以内に六つの山頂に旗を立てることも可能だろう。ただ、これは楽しいかもしれないが何も生みはしない。山に立ち向かってみることは、すべての登山者にとって必要なことではある。しかし、単にほかの登山者に対抗意識を燃やし、登山を競争《レース》にしてしまうことは、本来ひとつの経験である登山をゲームのレベルにまで引き下げてしまう。それにしても、あの若者たちはなんという競技コースを選ぶことか！　そういう果敢な挑戦をするには、山々を、そして自身の身体というものを十二分に知らなければならない。これこそが彼らの真の偉業なのだ。

岩登りの新しいルートを修得するのはまた別の問題だ。ケアンゴームを構成する花崗岩は、風化作用によってあまりにもすべすべとし、あまりにも直角に均《なら》されているため、ロック・クライミングに最適なコンディションとはいえない。しかし、雄大な圏谷には、クライマーたちが放ってはおけない挑むべき場所がある。定番の『ガイドブック』[28]や『ケアンゴーム・クラブ・ジャーナル』[29]は、十九世紀末以降の公式登攀記録を日付入りで掲載している。しかし、若者たちはそれ以前にもこれに登ろうとしなかっただろうか。一世紀半前、ブレーリアッハの崖で牧羊犬とともに凍ったまま発見された羊飼いの記録が残っている。彼はブリザードが吹き荒ぶ中、そこを彷徨ったに違いないが、彼の遺体を運び下ろした男たちの仕事もまた、かなり大変だったに違いない。そうした屈強な人々のなかには血気盛んな若者がいて、彼らにとって断崖を登ることなど目新しいことではなかっただろう。ジョージ・スキーン・キース博士[30]は著作『アバディーン州概観』で一八一〇年にディーの滝[31]の岩床をよじ登ったことを記録しているし、マクギリヴレイ教授[32]は著作『ブレマー自然史』の中で、彼が学生だった一八一九年、アバディーン大学から西部にある自宅までケアンゴーム山塊をまっすぐに抜け、歩いて帰ったことを記している。彼は着の身着のままブレーリアアッハの崖の麓に身を横たえて眠り、翌朝にはそのまま崖を直登して夜を明かした圏谷を抜け、家路を急いだ。のちにケアンゴームの山々に生息する植物を調べに訪れた際、彼は鹿の軽やかさを思わせる動きで険しい岩山を駆け上ったり駆け下りたりしたらしい。しかし、足が速く冷静なクライマーであれば登れそうなルートが、圏谷の方々に伸びている。かつての冒険家たちはこれらの道を使っていたに違いない。

昨今の登攀の魅力は、ザイルなしでは登ることができないルートを見つけることにある。そして、こうした断崖のなかには今なお登攀が試みられていない切り立った壁が数多く存在する。最近、私の若い友人の一人が、ブレーリアアッハのガーヴ・コーラにある未登攀の崖にルートを切り拓いた。私が知るもっとも熱心な若い山男の一人である彼（彼は鉄道のターミナル駅で「自分と同じ大きさの荷を積み込む、遠い目をした小さな黒いやつ」として知られ、一目置かれている）にとって、単に記録を打ち立てることは、本当に些細なことでしかない。彼が価値を置くのは、彼の持てるすべてを自身に要求するものであり、彼を虜《とりこ》にし、それによって彼を完全に解放するものなのだ。

もちろん、記録破りたちが山を愛していないと考えるのはまったくもって愚かなことだ。山を愛していない人が山に登るわけもないし、山を愛している人がもう十分に登ったと満足することも決してない。登山とは、登れば登るほどに増していく食欲のようなものなのだ。酒や情熱のように、それは生を最高の瞬間にまで高めてくれる。酒に酔って「浮かれた《アブン・ヒムセル》」人を表すのに、スコッツ語[33]では「レイズド」とか「フェイ」と言う。登山をしない人からは、少々頭がおかしいと思われている人のことをさす。

「フェイ」という言葉は、山を登っているときに生じる、あの喜びに満ちた肉体の解放感を表すには強すぎる言葉かもしれない。しかし、しらふの傍観者にとって、この危険な場所を確固とした足どりで歩く人は、死を宣告された者の兆候といわれる向こうみずさを、その顔に湛えているように見える。この根拠のない自信のどれほどが、完璧に訓練され、統制された身体と精神からくるものであるか、これは登山者自身にしか知りえない。また、この根拠のない自信も、それによって時に（稀ではあるが）起こりうる死も、神のなせる業《わざ》などではない。もし死亡事故が起きるとすれば、それは往々にして不注意の結果といえそうだ——高揚するあまり石の上を覆った氷に気づけなかったり、おそらくは完璧な肉体的健康に慢心して、コンパスではなく現実離れした幸運を当てにしたり、自分の耐久力を過信したりした結果であろう。

しかし、この「フェイ」の感覚に関するひとつの現象があって、私もそれを知っていることを打ち明けよう。家のベッドに寝ていると、恐怖を覚えることなく軽々と駆け抜けた場所を思い出すことがよくある。そうした場所を思って、ゾッとするのだ。あそこに戻るなんてありえない。不安が勇気をくじき、口の中には恐怖が広がる。しかし戻ってみると、以前と同じ心の高鳴りが私を浮き立たせる。神がいようといまいと、私は再び「フェイ」になる。

「フェイ」の感覚は、それ自体、生理学的な起源を持つように思われる。これを経験する人たちは特殊な身体的性質を持っていて、それは高所にあってもっとも自由に、もっとも生き生きと機能するのだ（もちろんこれは人間が対応できる高さを言っているのであって、時間を要する辛い順応を必要とするような高さのことでは決してない）。彼らが登るにつれ、空気はより薄く、より刺激を与えるものとなる。体は軽くなっていき、登る労力も減ってゆく。そうして、煉獄の山を登るダンテの登山の法則を体感することになる。ダンテ曰く、「この山は、登り始めが苦しいが、登るほどに疲れは消える」[34]のである。

当初、私が感じていたこの体の軽さは、より薄い空気に対する普遍的な反応だと思っていた。だから、私を解き放ってくれる高所で不調に苦しむ人がいると知ったときは驚いた。彼らは逆に、私が消え入るような気分になる低い谷間で幸せを感じるというのだ。こうして、人が何に夢中になるかは、私たちが認める以上に生理学的な性質と関係があることがわかり始めた。私は山を愛する人間だが、それは私の体が高所の希薄な空気の中で最良の状態になり、体が心にその喜びを伝えるからなのだ。この反対は、地下二マイル［約三・二キロ］ほどのアルデンヌの洞窟[35]を歩いているときに私が悩まされた極度の疲労がよい例だろう。あきらかに、これは疲れ切った気持ちがその疲労感を体に伝えたという事例ではない。なぜなら、私の心はこの地下の洞窟の不思議さや美しさに魅せられていたからだ。このことに加え、眼の働き、つまり距離を測るためのピント合わせという通常の眼の働きも考慮に入れれば、山頂からのひらけた空間の広がりに私が歓喜するということもやはり、完全に生理学的な反応なのだということがわかる。近視の人たちは、遠視の人たちと同じような山の愛し方はできない。長時間におよぶ登山において持続的に刻まれる動きのリズムもまた、肉体的な幸福感を誘発するもののひとつだ。この幸福感はケーブルカーを使用するような機械に頼った登山では味わえない。

つまり、この希薄な空気の中で発現する肉体の軽やかさは空間的な解放と結びつき、山の「フェイ」の感覚をこの病にかかりやすい人々にもたらすというわけだ。「病」と言ったが、確かにこれは意志も判断もくつがえしてしまう病といえる。でも、かかった人たちが治してくれとは決して頼まない、そういう類いの病なのである。生理機能についてあれやこれやと言ってきたが、この病について完全に説明することなどできない。まさか私は、体の軽やかさを感じない限り自由になれない奴隷なのだろうか。いや、そうではない。山頂への渇望には、単なる生理学的反応以上のものがあるのだ。それ以上のものが、山の内部には秘められている。山と私とのあいだで何かが動く。場と精神が互いに深く貫き合い、両者の性質が変化していく。この動きとは何なのか。これを伝えるのに、私は詳しく物語っていくほかに術《すべ》をもたない。

二、奥地

当初、私は高さの刺激をまた味わおうと躍起になり、山頂を目指してばかりいた。それゆえ、奥まったところを探索する時間を取ろうとしなかった。しかしある九月の終わり、ブレーリアッハに当時この山のことを私よりもよく知る人と登ったときのこと、彼は脇道に逸れ、私をコーラ・アン・ロッハン[1]に連れて行った。それは、この圏谷に抱かれた驚くべき湖を初めて見るのにこれ以上ない日だった。例年は九月の三週目にもなれば雪がうっすらとプラトーを白く覆うのだが、その年の秋分の嵐はひどいもので、すでに雪はみっしりと厚く積もっていた。しかし、その嵐も過ぎ去り、氷のように燦然ときらめく空気は肌を刺すほどに冷たく、私の心を浮き立たせた。湖の水は、触れてみると氷のように冷たい。なんという静けさ。その世間から隔絶した静謐さは信じがたいほどだ。

何度登りにきても、ロッホ・コーラ・アン・ロッハン[2]には驚かされる。この湖はほとんどその縁《へり》まで来なければ見えないのだが、ともかくこれが高いところにあるために、その姿はひっそりと隠されている。ロッホ・アーン[3]やロッホ・エチャハン[4]と違い、この湖は山の懐に閉じ込められているわけではなく、山の斜面に位置している。だから湖のある窪地はスペイ川[5]の方からケアンゴームを見る人の目に日々晒されているのだ。しかし、このことを知らなければ、そんなところに湖があるなどと、ましてやその大きさについてなど思いもよらないだろう。滝が二つあって、一つはプラトーの縁《へり》から岩を乗り越えて湖に水を注ぎ、もう一つは湖から水を排出している。さながら山に垂れる二本の白い糸。湖から水を吐き出している滝の岩床を登り切ると（あとでわかったのだが、これは易しい道の方ではなかった。しかし、連れは熱意溢れる植物学者で、岩床に見られる葉、茎、根の一本一本を丹念に調べることも重要な仕事だったのだ）、湖のある圏谷はもうすぐだと期待してしまうが、そう簡単にはいかない。道のりはまだ遠く、山の内部へと苦労しながら歩みを進める。そこかしこに散らばる黒々とした岩。家ほどもある巨大な岩やおろし金にも似た鋭く尖った岩。きつい道だ。そこを越えると、ついに湖が現れる。崖に背を押し付けられるようにして、湖はそこにあった。振り向くと、あの九月の日、澄んだ空気の向こうに遠くの山の連なりをまっすぐと見晴るかすことができた。そして、そのことがまた私を驚かせたのだ。こんなにも開《ひら》けているのに、こんなにも人目につかないなんて！　この湖の匿名性――ロッホ・コーラ・アン・ロッハンの文字通りの意味は「湖《ロッホ》の圏谷《コーラ》の湖《ロッホ》」にすぎない――が、この驚くべき秘密を守っているように思える。ロッホ・アーンやロッホ・モーリッヒ[6]などの湖は、独特な名前を持っている。だから、それぞれに特異な性質があると期待してしまう。でも「湖の圏谷の湖」？　そこに何があるというのだろう。どこにでもあるような小さな湖、といったところだろうか。などと思っていると、この究極の美が突如目の前に現れるのだ！

指を水に浸してみる。冷たい。滝の音にじっと耳を傾けていると、やがてその音は聞こえなくなる。岸辺から岸辺へ、視線をゆっくり、ゆっくりと伝わせてみると、この湖の広さに驚く。高度三〇〇〇フィート［約九一四メートル］余りの場所に、こんなにも大きな湖があるなんてどうして予想できただろう。いくつもに割れたプラトーのひとかけらにすぎない山、その山の一斜面にある三つの圏谷のたったひとつに、これほど大きな湖が紛れ込んだなんて。もう一度、水面《みなも》に視線をすべらせてみる。ゆっくりと、岸から岸へ。足元から始まって、向こうの崖に突き当たる。ふつう、こんなふうに湖面の広がりを味わうことはない。

こうして眼の焦点を移していくこと――動かないものを見るときに眼それ自体を動かすこと――これが外界に対する感覚を深めてくれる。このとき眼は、静止しているものがまさに変化しつつあるところを捉えているのかもしれない。頭の位置を変えるという至極単純なことでも、違う世界が出現することがある。頭を地面に横たえてみるといい。もしくは、見ているものに背を向け、頭を下げて広げた脚のあいだから上下逆さまに見てみるともっといい。世界はなんと新しくなることだろう！　すぐそばにあるヘザーの小枝からもっとも遠くの土地の起伏まで、一つ一つの細部が自身の正当性を主張して際立つ。地球が丸いということを、何の助けも借りず、自分のこの目だけで理解することができたのは、このやり方をおいてほかにない。じっと見ていると大地はその背を弓なりにし、風景における一つ一つの層が毛を逆立てる――もっとも「毛を逆立てる」というのは、これを表すのにいささか大袈裟すぎる言葉ではあるが。それぞれの細部はもはや、私が焦点をなす一枚の絵に布置された集合体の一部ではなくなる。焦点はあらゆる場所に存在するのだ。何ものも、見る者である私と関係を持たない。このようにして、大地は大地自身を見ているに違いない。

そんな具合にゆっくりとコーラ・ロッホを見渡していると、だんだんわかり始めてきた。この山々にあって、急ぐことは何の意味も持たない。長いこと山々を見続けてきて、ようやくわかった。私は見ることを始めてもいなかったのだと。ロッホ・アーンについても同じ。ロッホ・アーンとの最初の出会いは、鮮烈で刺激的なものだった。その出会いは私にとって、もっとも奥深い場所への近づき難さ、という概念を永遠に結晶化するものだった。私はこれより前に、ケアンゴームの主だった六つの山頂すべてに登っていたし、そのうちの幾つかには二度登っていた。しかしようやく、このロッホ・アーンを擁する山の窪地に這い下りる機会を得たのだ。この湖は高度約二三〇〇フィート［約七〇一メートル］のところにあるのだが、湖岸はさらに一五〇〇フィート［約四五七メートル］もせり上がっている。実際はそれ以上かもしれない。ケアン・ゴーム山とベン・マクドゥーイをロッホ・アーンの湖岸と見なしてもいいからだ。この湖――一マイル半［約二・四キロ］にわたる岩の裂け目――の低い方の端から出発すると、帰りの道のりは容易だがとにかく長い。アーン川の流れに沿って、ケアンゴームにありがちな寂しく誰も訪れそうにない十マイル［約十六キロ］の道を下りて行くと、インシュローリー[7]に達する。あるいは、かなり歩きやすい分水嶺の山道を通って、ストラスネシー[8]へ、またはグレン・デリー[9]へ抜けてもいい。もしくは、バーンズ・オブ・バイナック[10]の下を通り、ケイプリッヒ川[11]に出る道もある。しかし湖の高い方には、高みから勢いよく流れ落ちる細流のどれかをよじ登っていく以外にそこを抜け出す道はない。そうでなければ、シェルター・ストーン[12]の上方、山と山の間にロッホ・エチャハンへ通じるすき間がひらけているのだが、ここをよじ登ると細流を登る距離よりも短くて済む。

　この深い裂け目[13]の突き当たりは、花崗岩から直接削り出されてできたものだ。下から見上げてみると、これを削り出したのはただの水しぶきにすぎないように見える。その力のほどは、両の手で脇にどけられそうな程度。しかし、崖の上では渓流のひとつが水浴びもできそうな深い瀞《とろ》をいくつか作り、この陰気な要塞から流れ出た水は、澱のたぐいをひとつとして攫《さら》うことなく真っ逆さまに崖を流れ落ちていく。この落下によって、水はあたかも蒸留され、空気で洗われるかのようだ。そうしてはるか下方に見える湖は、きらきらとした輝きを放ち澄み渡る。おそらく、この細長い湖の水深は測定されたことがないように思う。しかし、私はその深さを知っている。フィートという単位では知りえなくても。

　私がその深さを初めて目の当たりにしたのは、七月も初めの雲ひとつない日のことだった。私たちは夜明けに出発し、九時ごろにはケアン・ゴーム山を越え、サドル（The Saddle）[14]を経由する道を伝って湖の低い方の端に着いた。それから荒涼とした圏谷に向かって、湖の脇を歩いていった。そしてついに、真昼の太陽が湖水をまっすぐに貫いたその時、私たちは服を脱いで水に入った。澄み切った水は膝の深さに、それから太腿の深さに達した。こうやって水の中を歩いてみて、初めてその真の透明さが立ち現れてくる。水を通して見ることで、水そのものの特性が見出されるのだ。水面下に見えるものは、空気を通して見るものよりくっきりと鮮明に見える。この輝きの中へさらに進んでいくと、湖の幅がぐんと増した。湖面に浮かんだり、湖の中に入ったときに経験するいつものあれだ。こうして湖は幅の狭い印象を消し去る。向こう岸は、彼方に遠のいた。私はふと下に目をやった。足元にぼうっと明るい深淵が口を開けている。そのあまりの深さに私の思考は停止してしまった。私たちは、湖の中を数ヤード続く浅瀬の縁《へり》に立っていたのだ。そこからこの浅瀬は突如としてその奈落へ――真の湖底へと一気に落ちてゆく。途方もない水の透明さの向こうに、私たちはこの穴の底に至るまで見通すことができた。あまりに透き通っているため、石の一つ一つまでがくっきりと見える。

私は、一歩後ろにいた連れに合図した。彼女はこちらにやって来ると、私と同じようにこの水面下にある崖を見下ろした。それから私たちはお互いの目を見つめ合い、再び奈落の底に視線を戻した。私はそろりそろりと岸の方へ戻った。言葉にすべきことなど何ひとつなかった。私の魂は、この裸の体と同じくらいむき出しだった。それは私の人生でもっとも無防備な瞬間のひとつだったといえる。

思うに私が震撼したのは、肉体的な危険が差し迫っていたからではない。その時も、またのちにそれを思い返しているときも、自分が間一髪で死の危険を免れたと感じたことはまったくない。もちろんバランスを崩して溺れていたかもしれない。けれど、うっかり足を踏み外すようなことはなかったと思う。歩きやすいとは言いがたいでこぼこの道を歩くとき、眼と足は連動作用を獲得するからだ。この作用によって、空を見ていようと地面を見ていようと、次の一歩をどこに下ろすべきかはっきりとわかるのだ。確かにこの時、眼は大体の特徴を見ているにすぎない。何かを注意深く観察するには、体を静止させていなければならないからだ。しかし一般的に言って、起伏の多い場所（とはいえ難所というわけでもなく）では、自分が今どこにいて、次はどこに進むのかを同時に把握することができる。ある六月の暑い日、私はグレン・コイッヒ[15]でこのことをはっきりと証明した。その日、私はヘザーが生い茂る長い斜面を小川に向かって勢いよく駆け下りていた。ほとんどペースを落とすことなく、とぐろを巻いたクサリヘビ[16]を私の眼がとらえ、足は瞬時にこのヘビを避《よ》けた。あと一歩でヘビの上に着地してしまうという瞬間のことだった。さらに、脇に避けた足の先に長々と横たわる彼の仲間のことも、とっさにこれを感知して避けたのだ。その少し先で私は足を止め、愉快な驚きとともに自分の足の速さと確かさについて考えてみた。足を導くのに、意識的な思考はほとんど役割を果たしていなかったのだ。

それゆえ、あの時に限っていえば、私が溺れ死ぬ危険はそれほどなかったと思うし、湖底の深みを見つめた時の感情も恐怖ではなかったように思う。透明なアーン川はその川底が見えるゆえに、浅いと思って川に入ると溺れてしまう、などと言われてはいるが。深淵を見下ろしたあの最初の一瞥は私に衝撃を与え、私自身の力を高めたのだ。その力をもってすれば、恐怖すらもたぐい稀な高揚感となった。それは恐怖が恐怖であることをやめたのではなく、恐怖そのものが、極めて非個人的なものに、そして極めて鋭く感じられるものとなり、魂を萎縮させるのではなく大きく押し拡げてくれたのだ。

人を容易に寄せつけないところが、ロッホ・アーンが持つ力のひとつだ。静けさがここには宿っている。もしジープがこの湖を見つけ、ケーブル鉄道がその美しい姿を損ねてしまったら、この湖が持つ意味の一部は消えてしまうだろう。最大多数の幸福という思想は、ここには当てはまらない。排他的であることは時に必要なのだ。これは階級や富に関わる排他性ではない。孤独を感じることができる、という人間の特質を守るための排他性のことだ。

自分のほかにそこにもう一人いることは、それが適切な山の仲間であれば、静けさを損なうものではなく、静けさを豊かにしてくれる。申し分のない山の仲間とは、山行のあいだその人の本質が山のそれと一つに溶け合っている人のことをいう。自分の本質も山と一つになると感じているように。そういうときに発せられる言葉は、共有される生の一部となり、異質なものではなくなる。しかし、間を持たせるだけの話題作りは山行を台無しにする。山行に会話は必要ないのかもしれない。このことをあるひどく痩せたご老人から聞いたことがある。彼は、頬骨は高いが頬は落ちくぼんだいわゆる「ひょろなが男《ラング・タングル・オ・アーチール》」で、山あいの農場に生まれたものの公務員になったという人なのだが、彼はおしゃべりな人と山に行くときは彼らを「きつい山に連れていく」そうだ。私自身についていえば、才気溢れる若者たちと歩いた経験がいい例だ。とめどなく続く彼らの話は愉快かつウィットに富んでいたが、私は疲れて気が滅入ってしまった。なぜなら、その日は山が話してくれなかったから。山で語るなら山についての話が一番、ということではない。どんなたぐいの話題であろうと、山との接触によって内側から火を点《とも》されるのだ。誰かの精神と触れ合うことで会話が内から明るく輝き出すように。対話はそうやって刺激あるものとなる。とはいえ、山では話すよりも静かに耳を傾ける方がよい。

　おしゃべりな人種は、どうやら山から感動（sensation）をもらいたがるようだ——これはキーツの言うところの感覚（sensation）ではない[17]。初心者にもその傾向があるが、それは無理もないことで、私自身もかつてはそうだった。彼らが求めるのは息を呑むような眺望に、そそり立つ恐ろしい尖峰、それにビールと紅茶であり、ミルクではない。しかし、山はしばしば、私がいかなる目的地をも目指していないときに、もっとも完全な形で自らを私に差し出してくれる。どこに辿り着くというわけでもなく、ただ山と一緒に過ごすためだけに出かけるというようなときに。それはちょうど、これといった用もなく友だちに会いに行くときに似ている。

三、山群

ケアンゴームにおける私の初登頂は――ケアンゴーム最高峰ゆえに当然――ベン・マクドゥーイだった。王道のコーラ・エチャハン[1]のルートをとった。その初登攀の日から、二つの考えが私の頭を占めている。一つは、山には内側がある、ということ。私は子どもの頃から山に慣れ親しんできた。ディーサイド[2]の山々や、ケアンゴームの向こう、スペイ川に沿ってなだらかに続く、子どもにとって理想的な遊び場であったモナリアス山群[3]を駆け回ったものだ。山頂に着くと、世界を見渡す広大な眺めが目の前にひらけ、それは最高の瞬間だった。しかし、エチャハンを登りつめるときはどうだったか。息を切らせて登っていき、やがて勾配が緩やかになり山頂が近づいたのを感じる。そして出会うのは、苦労の見返りとして待ち受けているはずの広大な眺めではなく、ただ山の内側なのだ。そのことに私は愕然とした。それにしても、なんという内側だろう！　巨礫《きょれき》の散らばる平原、ひっそりと輝く湖、湖に張り出した黒々とした崖、さらに下のロッホ・アーンへ下る急勾配、その向こうにそそり立つバリケードのようなケアン・ゴーム山、自分たちが入ってきた部分を除いてすべての面が高くそびえる山壁。

何年ものちに、私はこれと同じ感覚をバーンズ・オブ・バイナックの内部でも経験した。これは、ベン・バイナック[4]斜面に位置する、アン女王様式[5]の大邸宅を思わせるあの巨大な黒い直方体の岩のことだが、その内側にある階段のような岩を登っていくと、まるで窓から眺めるように岩の裂け目から外を見ることができるのだ。

初登頂以来、今なお頭を離れない二つ目の学びは、雲にも内側があるということ。私たちは、ロッホ・エチャハンの数ヤード上から山頂まで、雲の中を歩いた。雲は厚く、先導してくれている友人が、伸ばした腕ほどの距離を先に進んでしまうと、彼の姿は消え、その口笛だけが聞こえるという具合だった。彼の奥さんと私はその口笛についていき、時々私たちが遅くなりすぎると（彼はせっかちなのだ）、彼が再び雲の中から現れ、私たちに声をかけるのだった。その真っ白い世界には私たちだけ。私たちの「蘇りし者」があの世とこの世を行きつ戻りつするあいだ、私たちはいつ終わるとも知れぬ道を登っていった。何ひとつ変化するものはない。ただ一度、幽霊さながらの案内人が、がっちりと私たちの腕を掴んで言った、「あの下に見えるのがロッホ・エチャハンだ」と。

何も見えない。言われてみれば、その部分の白さが周りより濃いような気もする。そこに立って真っ白い鍋の中を覗き込むのは、ひどく恐ろしいものだった。山道はまだ続いていた。すると今度は私たちの脇に、さらにぞっとするような白色が現れたのだ。それはみるみるうちに広がり、私たちが心の支えとしていた足元の灰褐色の地面までも呑み込んでいく。私たちは、雪の上を歩いていたのだった。それは生命の感じられない白色だった。

私たちを包んでいた雲は、その内側を歩いたことがあるほかの雲と同様、湿ってはいたが、濡れるというほどではなかった。私たちは濡れずにほぼ山頂近くまで到達したものの、そこで雲は突然激しい雨に変わった。そうして私たちはついに、霧を纏った圏谷群を見ることができた。時に雲は、山の上を歩く人に激しく襲いかかる――下から湧き上がってきた雲が、ここでは雨もしくはみぞれに変わる。優しく鼻先をすり寄せてくる雲もあるが、あまりにしつこくすり寄せてくると、湖の中を歩いているような気分になってしまう。湿気はより繊細な現れ方をすることもある。湿り気が凝結し、まつげや髪の毛、ウールの服の上で小さな水滴となる、戸外で夜を明かし、朝露とともに朝を迎えた時のように。時に雲は、肌にまとわりついたり単に冷たかったり、皮膚にやっと感じ取れる程度の感覚を与えるにすぎない。わずかな感触すら覚えることのない雲の中に入ったこともある。その雲が近づいてきた時はもっと濃くて恐ろしいものに見えたのだが、いったんその中に入ってみると、雲に触れることも見ることもできなかったのだ。それは雲ひとつない晴れた日に、スコーラン・ドゥ[6]とスコール・ゴーイ[7]のあいだに横たわる斜面にいたときのこと。突然雲が湧いて出たかと思うと、私たちの方にぐんぐん迫ってきた。高度三〇〇〇フィート〔約九一四メートル〕くらいのところで、下の縁《ふち》が横一直線に切れている雲だった。まずい！　と思った。すると、まるでスイッチがカチリと切られたかのように陽の光が消えた。しかし、それ以上のことは何も起こらない。それから二十分くらいして再び太陽がカチリと閃めいた。私たちは水平に伸びる雲の下端がイーニッヒ谷[8]の向こうへ去っていくのを見た。その時の雲の内側は、無味乾燥とした世界だった。

　歩いて雲の上に抜けるのは気持ちがいいものだ。一度か二度、山の突端から真珠色に輝く雲の平原が地平線まで伸びていくのを見る幸運に恵まれたことがある。遠くにはもう一つの山頂が、小さな島みたいに雲の海から頭を出していた。天地創造の朝のようだった。またある時は、ロッホナガー[9]で夜明けの光がケアンゴーム山群に当たるのを見た。うっすらと白い粉を纏ったプラムが見せる青のようだった。急斜面や小渓谷《ガリー》の一つ一つがくっきりと浮き立ち、どんな小さな細部もぼやけていない。純粋に澄んだ太陽の光が、一つ一つの凹部にまで注がれていた。しかしふと振り返って南を見て、私たちは思わず息を呑んだ。世界が消えていたのである。ただ、山の連なりのような雪がどこまでも広がっているだけだった。それとも海といったらよいか？　それはかすかに光り、海が岩を洗うように高い山々を洗っていた。大方の海がどこかで尽きるように、この雲海もグレン・ライアン山脈[10]のところで終わっている。そこにベン・ロイアーズとスキーハリオン[11]がすっくと立ち、西の海によくある二つの山を持った細長い島のようだった。しかし、陸地の奥まで押し寄せたこの霧の海は、暑い一日の始まりとともに太陽に吸い尽くされてしまった。

ケアンゴームの山並みは、ほかの山々、たとえばロッホナガーやグレン・ライアンといった山々の高みから見ると、それが一つのグループだという特徴が際立つ。グレン・ライアンからは、山々の巨大なせり上がり、その一つの塊としての姿、その四角い感じをはっきりと見て取れる。山々は先の潰れた一つのピラミッドのごとくそびえている。もちろん、山の高さというものは、同じ高さか、少なくともおおむね同じくらいの高さの山から見たときにのみ正しく認識できるのだが、これは単純にほかとの比較における高さの問題ではない。ケアンゴームの山々の隆起のさま、その大きさ、その纏う雰囲気というのは、それと近い大きさを持つ山から見て、ようやく理解できるものなのだ。不思議なことに、ケアンゴームの山々は下から見上げてもあまり大したことがない。これは、モナリアス山群のゲール・カーン[12]から眺めるとき、もっともよくわかる。三〇〇〇フィート［約九一四メートル］級の山々には及ばないが、スペイ谷を挟みケアンゴームに向かってそびえ立つ山だ。このゲール・カーン正面の急勾配を降りていくと、下るとともに山のパノラマがそれらしくなっていくのを眺めることができる。ジャグラーの巧みな技《トリック》を見るように、私はそれに魅せられてしまう。ゲール・カーンを降りるたびに、すぐにでも戻ってもう一度見たくなる。単純な図解でこのトリックを説明できるのだろうが、この高所のパノラマが人間の心に訴える静謐な崇高さを説明する図解はない。大きな山をできるだけ同じ高さの山から見る。それ以上の目的がないとしても、凡庸な山に登る価値はある。

ロウアー・ディーサイド[13]の山々からは、ケアンゴーム山群のプラトーらしい特徴がもっともよく見て取れる。ベン・アーン[14]とベン・ア・ヴアード[15]が形作る長テーブルさながらの平らな山頂だけが見えるのだ。しかし、ディー谷[16]を奥に進んでいくと、群を抜いて背の高いケアントゥール[17]が現れる。ロッホナガーに着く頃には、山群の正面全体が鮮明になる。その正面には岩塊や割れ目や雪庇《コーニス》といった彫刻が施され、それを光が効果的に照らす。崖がバラ色に染まる朝がもっともすばらしい。この現象は一時間ほど続く。崖また崖がバラ色に輝いては消えていく。しかし、空気の条件によっては、この輝きはもっと長く続く。時が止まったような夏の強烈な熱気の中で、圏谷だけでなくプラトー全体が、紫色を帯びた強烈な白熱光を真昼まで放つこともある。日没の光もまた、圏谷を照らす。ただしこれを見るには、山群の反対側を見る必要がある。ロッホナガー側から見ると、ケアンゴーム山群のちょうど裏側に夏の陽が落ちるからだ。しかし、冬の日没の光は斜めに当たる。すると、ロッホナガーからも、滅多に見られないものが見られる。実際そこに行くか、その上のプラトーに行かないと見られないもの、すなわち、ケアンゴームのもっとも隠された場所のひとつ、ブレーリアッハが抱く大圏谷、ガーヴ・コーラの深奥部が。

さらに西に進んでアンガス州との境にあるグラス・モエル山[18]から見ると、ケアンゴーム山群は周りの山々から緩やかにせり上がって見える。その輪郭は周りの山々の輪郭と調和しながら溶けていく。起源は異なるかもしれないが、周りの山々もケアンゴーム山群も氷河期にすり潰され、その隆起する勢いを鎮められた山々だ。これらの山々が共に経てきた経験が、ここから見ると一番よくわかる。グレン・アイ[19]の奥へ進み、ベン・ウーラン[20]からラリグの峠をまっすぐに見ると、この一直線に走る裂け目によってプラトーが真っ二つに割れているのが見える。しかしアイ谷の口、アイ川[21]がディー川に合流するところから一マイル〔約一・六キロ〕ほど離れた山の傾斜に立つと、見慣れた山並みに新しいヴィジョンが加わり、私たちを驚かせてくれる。ここからだと、ケアンゴームはひび割れたプラトーではなく、山脈だとわかるのだ。山頂に山頂が幾重にも積み重なり、壮大な頂をなしているように見えるのだから。この視覚効果が最大となるのは、ブレーリアッハの長くて平らな山頂が――ここはしばしばそうなるのだが――霧に覆われ、その一方ではベン・マクドゥーイが巨人のように（実際巨人なのだが）そそり立ち、ケアントゥールの円錐状の山頂がその傍《わき》をかため、それより低くてこちらに近いデビルズ・ポイント[22]とケアンゴーム・オブ・デリー[23]の山頂がベン・マクドゥーイを下支えする、という構図を作るときだ。これら数々の頂は、見事中空に浮かんでいるように見え、山々に壮大さという新たな印象を与えている。しかしグレン・アイから歩を進めて南西へ、それから西へとまわると、丸みがあって不恰好で、威厳もなくただ巨大なだけの、ずんぐりとした塊に出くわす。これは山の背中だ。怪物の後頭部だけを見ているようなもの。反対側には開けた大顎や歯、恐ろしい牙があるというのに。

　このずんぐりとした背中と正反対の北東側はどうか。ブレイズ・オブ・アバネシー[24]から眺めると、大きく開けた大顎と並んだ牙が見える。こちらは稜線が大きく乱高下している。これがケアン・ゴーム山。高さはケアンゴーム山群で四番目にすぎないが、この山から山群全体の名前が取られた。その急峻ないくつもの崖がロッホ・アーンを取り囲む。ここにはスタック・アイオレア[25]、つまり「鷲の崖」がある。ケアン・ゴーム山にはこれを補って完全なものにする、とびきり素晴らしい湖がいくつかある。ロッホ・アーン。小さくて愛らしいロッハン・ウアーニャ[26]――その水は古い銅板屋根の緑色のきらめき。それからロッホ・モーリッヒ――スペイサイドの斜面にある三つの大圏谷を映し出す完璧な鏡。崖の端《は》が、この滑らかな湖面から三〇〇〇フィート〔約九一四メートル〕の中空に張り出す。湖面はたっぷりと広く長く、雄大な山の正面全体を収める。圏谷、尾根、手前の丘たちは、ケアンゴームプラトーという建造物に施されたハイレリーフ[27]さながらに浮き出ている。静かな日には、夢のような美しさがある。

　この全北西面――ケアン・ゴーム山の三つの圏谷とブレーリアッハの三つの圏谷を含む――が、荒野からぐんとせり上がる。それゆえ、プラトーの縁に沿って歩いていると、巨大な岩棚の上に立っているときのように、世界の上へと持ち上げられたような気分になる。

四、水

そうして、私はまたプラトーにいる。ここは面白い場所だろうか、それを確かめるために私は犬みたいに辺りを歩き回った。ここは面白い、そう思ったのでもうしばらくここに留まろうというわけだ。夜明けに出発して、プラトーの上に着いたのはまだ午前中。真夏の太陽が大地から水気を吸い上げた。その結果、行程の一部で雲の中を歩いたわけだが、今や雲の最後のひと筋も空気に溶けて消え、空にはもう光しかない。地の果てまで、そして空の彼方まで見える。

静けさに包まれてプラトーに立ってみると、静寂は完全ではないと気づく。水が、話しているのだ。声のする方に向かってはみるが、視界はほとんどすぐに失われてしまう。というのも、プラトーはいくつもの窪地を擁しているからだ。この窪地のひとつは、山の内側へと向かう巨大な裂け目のひとつ、ガーヴ・コーラに向かって大きく落ち込んでいる。プラトーは幅の広い葉のように横たわっており、いく筋もの水流がその葉脈をなしている。水の流れは崖の縁《ふち》で一つとなり、滝となって五〇〇フィート［約一二五メートル］を落下する。これがディー川。驚くべきことに、地上四〇〇〇フィート［約一二一九メートル］のここプラトーでも、すでにしっかりとした流れとなっている。ディー川が流れ出るこの巨大な葉の表面には、石と砂利と、時々砂があるだけ。ところどころに苔と草が生える。苔のむしたそこかしこに、白い石がいくらか積み上げられている。行ってみると、水が湧き出ていた。力強く、たっぷりと。澄んだ冷たい水は流れ出て、いくつもの小さな川となり、岩を乗り越え、流れ落ちていく。これが「ディーの泉」。これこそ、ディー川なのだ。力強く、白い物質、謎めいた四大元素のひとつである水の始まりを、ここで見ることができる。あらゆる深遠な謎と同様、水はあまりに単純素朴すぎて恐怖すら覚える。水は岩から湧き出て、流れ去る。数えきれない年月を、岩から湧き出て、流れ去ってきた。水は、水であること以外何もしない。ただ、それだけ。

ディー川には、そのいくつもの支流を通して、ケアンゴーム南東面から水が注ぎ込まれている。ただし、ディー川はこの南東面からだけでなく、二つに割れたケアンゴーム中央に広がるプラトーの両側からもその源流を取っている。この両者（ケアントゥールおよびブレーリアッハ側と、ケアン・ゴーム山およびベン・マクドゥーイ側）を真っ二つに分ける裂け目、ラリグ・グルーは、その両側の崖があまりに厳しく切り立ち、狭い谷であるために、霧が崖にかかったり晴れたりしながら漂うと、ちらりと見える岩壁が自分の立っている側にある山のものなのか、裂け目の向こうの山のものなのか、時々わからなくなってしまう。ブレーリアッハの源泉よりも三〇〇フィート〔約九十一メートル〕低いけれど、ベン・マクドゥーイ側の高所からも、二本の川がほんの一歩ほど隔てたところで始まっている。一方は東に流れ、崖を落ちてロッホ・アーンに注ぎ、北に向きを変えてスペイ川の方へ流れ込む。もう一方は西へと進路を取り、マーチ川[1]となって崖の縁《へり》を越え、ラリグ・グルーへと落ちていく。この流れはやがて南に、そして東へと向きを変え、ガーヴ・コーラから流れ出る川と合流してディー川となる。だが、マーチ川がラリグの狭い隘路《あいろ》に落ちるとき、その命はすでに尽きてしまったかに見える。流れが消えてしまうのだ。ラリグの谷底をもう少し下ると、小さな池《プール》が見える。さらに先には、かなり大きな池が二つ。これらの池は水晶のように透明で深い。水を得ている手段はどこにも見当たらない。注ぎ込む川も見当たらなければ、出口となる川も見えない。だがその控えめな輝きは、水が生きていることを示している。これらの池が「ディーの池《プールズ・オブ・ディー》」[2]だ。実は、マーチ川がこれらの池に水を与えている。三つの池のうち、もっとも低い池の少し向こうにある幼きディー川が、明らかにその出口だ。威圧的なラリグ・グルーの谷をわざわざ苦労して歩く理由は思いつかないが、これらの池を見にいくならば話は別だ。

　ラリグ・グルーの長い道のりのほとんどで、その水脈は隠されている。スペイ川方面に向かう分水嶺の反対側など、巨礫が散乱し完全に干上がって見える。だから、突然谷底に現れる水の流れに驚かされるのだが、直ちにその流れは、またしても地面に呑み込まれてしまう。ようやく、裂け目の両側にそびえる崖が広くなるところ、何世紀にもわたって吹き荒れた嵐が、割れた巨礫を川床にとめどなく降らせることをやめた場所で、流れはついに地表へとほとばしり出る。水晶の透明さを持つ力強い川となって。

落下して散らばった巨礫が水の流れを覆うのは、この狭い隘路だけではない。山の中心から離れた斜面で巨礫に囲まれて座っていたときのこと。二つの音が聞こえてきたのだが、どちらの音も、その出どころを突き止められないということがあった。一つはライチョウの鳴き声、もう一つは水の流れる音。しばらくして、このライチョウが白い翼をはためかせ、その姿とよく似た灰色の石の合間から飛び立ったとき、ようやく私はライチョウを目にすることができた。けれど、水の姿はとうとうわからずじまい。また別の場所では、コポコポと音を立て、狭いところを通る水の音が私の耳を捉えた。石ばかりのところと思っていたが、その石の下にきらりと水が光るのが見えたのだ。

ケアンゴームの水はどこも澄んでいる。その水は、水を黒ずませる泥炭《ピート》が混じらない花崗岩から流れ出ているため、黄金《こがね》に輝く琥珀色でもなければ、ハイランドの渓流がしばしばそう称えられる「馬の背の茶色」でもない。もし何らかの色合いがあるとしたら、コイッヒ川[3]の滝近くに流れる水が見せる緑色だろう。冬の空の緑色を思わせる緑だが、アクアマリンのような光を放ち、透き通っている。とはいっても、氷河が溶けた水のような鮮やかな輝きはないのだが。時にコイッヒの滝はその緑色越しに跳ね回る菫《すみれ》色を見せ、ほとばしる水が勢いよく菫色の泡を立てる。滝つぼは、透明で深い。私は手に入る一番小さな白い石をそこに投げ入れては、石が時間をかけてゆらゆらと沈んでいくのを眺めるという遊びをよくやる。

いくつかの湖もまた、緑色をしている。そのうち四つの湖がその性質を名前にして「緑の湖《ロッハン・ウアーニャ》」と呼ばれている。どれも小さな湖で標高の高い圏谷にあるのだが、ライヴォーン[4]の「緑の湖」は別だ。この湖は四つのうちもっとも低い位置にあり、もっとも装飾的だ。「装飾を施された」といったほうがいいかもしれない。他の三つと違って森林限界より下にあり、マツの木々の美しい帯状装飾《フリーズ》に縁どられている。マツの木の一本に鷲の巣があり、古びた倒木が澄んだ水を通して湖底に見える。その水が見せる緑は、光によってその色合いを変える。アクアマリンになったり、緑青《ろくしょう》色になったり。しかし、いつでも混じり気のない緑であることに変わりはない。植物の緑というより金属的な緑。もう一つの「緑の湖」は、切り立つ断崖と、ブレーリアッハからケアントゥールへと巨大なカーブを描く崖の一部、裸の一枚岩《スラブ》に覆われた斜面とのあいだに浮かぶ。この湖は四つのなかでもっとも際立った美を持つ。くっきりと刻まれた非の打ちどころのない輪郭が描き出す、この上ない壮麗さ。残り二つの「緑の湖」は、ベン・マクドゥーイとケアンゴーム・オブ・デリーにある。一つ目のライヴォーンの湖よりも絵画的な美しさの点で劣り、二つ目の宙に浮かぶ湖に比べて精巧さに欠ける。ケアンゴーム山群のスペイ川に面した斜面は、いくつもの湖を抱くもっとも素晴らしい山腹ではあるが、もう一方のディー川に面した山腹にはスペイ川側よりも魅力的な渓流が何本もある。流れももっと急で、滝の下には深く静かな淵《プールズ》を湛えている。

「黒」の名前を持つ湖は二つ。ベン・ア・ヴアードのドゥ・ロッホ[5]（黒い湖）と、プラトーに切れ込む二つ目の裂け目、リトル・ラリグ[6]に横たわるドゥ・ロッホ（黒い湖）だ。しかし、その黒さは水質によるものではなく場所によるもの、つまり岩が濃い影を落としていることに拠っている。水そのものに黒ずみがないことは、あの澄んだ緑のコイッヒ川が一方のドゥ・ロッホから流れ出ていて、同じく透明なアーン川がもう一方のドゥ・ロッホから水を得ていることからも明白だ。冬には湖を覆う氷が緑の光を放つ。四月になると、この光る氷に黒い筋がいくつも走り、氷の下ではすでに泉が力強く溢れ出していることを知らせる。夏の日に、私はドゥ・ロッホ頭上にそびえるベン・ア・ヴアードの高い控え壁《バットレス》に立った。陽の光がまっすぐにドゥ・ロッホの湖水を貫き、その高さからでも水を通して湖底の石を見ることができた。

　花崗岩から湧き出るここの水は冷たい。源泉の水を飲むと喉がひりひりする。その感触には生《せい》の痛みがある。とはいえ、プラトーの上であっても、水浴びができるほどに川の水が温かくなる真夏の日がある。別の年の同じ日には、これと同じ川が、流れを覆う雪のトンネルからほとばしり、雪のブリッジが標高の高いプラトーを流れるディー川だけでなく、低く沈んだ圏谷を流れるエチャハン川[7]にもかかっていたりする。水かさが増して足を濡らさずには渡れないドゥルイー川を徒渉《としょう》すると、ただただ冷たいという感覚があるのみ。ほかのあらゆる感覚は消え、脚を押し流す水の力すらも感じられなくなってしまう。

こうした流れる水の音すべてが、山にとってなくてはならないものだ。花粉が花には不可欠なように。耳を傾けずとも聞こえてくる水の音。考えずとも息をしているように。けれど、耳を傾けてみると、音はたくさんの異なる音色に分かれて聞こえてくる。湖のゆっくりとした波打ち、小川の高く澄んださえずり、ほとばしる水の咆哮。渓流の短い流れのなかにすら、耳をそばだててみれば、同時に奏でられる一ダースの異なる音色を聴き分けられるかもしれない。

雪が溶ける。雲が裂け、空からは雨が激しく降る。何日も、絶えずひっきりなしに。すると、渓流は堰を切って流れ下る。狭い水路は水を抱え切れず、溢れた水は山の斜面を流れ落ちる。大地に深い溝を掘り、巨礫を転がし、轟々と音を立て、山道を跡形もなく消し去り、巣穴を水没させ、鳥の巣を水浸しにし、木をなぎ倒し、ついにはさらに平坦なところに達して動く海となる。前回の洪水のあとに修繕された道路は、再び骨まで剝ぎ取られ、橋は押し流される。私は、橋があったことなど忘れていた場所にさしかかった。橋は溝に渡しただけの一枚板なのだが、流されてはいなかった。ただし、今や二十フィート〔約六メートル〕に幅を広げた、轟々と流れる急流の下深くに見えるだけ。私は川を渡ってみようとした。が、ほとんどすぐに水は膝と腿《もも》のあいだに達した。流れに抗して立っていようと体をこわばらせる。狩猟番のご老人が教えてくれた通り、足を持ち上げず、川底を摺《す》るようにして慎重に前進した。しかし、川の中ほどにもたどり着かないうちに、私は恐ろしくなった。引き返す。他に回り道もあるのだ。

しかし、回り道がないこともあるだろう。橋がかかっている場所などほとんどなく、粗末な舗装の（または未舗装の）道路が川の浅瀬を通っていた時代、なぜあれほど多くのスコットランドの川に不吉な話がつきまとったのか。腿に水がぶつかるに任せそこに立っていると、ストンと腑に落ちた。アーン川には、古い歌にあるティル川[8]のように人を溺れさせるという悪評がついてまわった。私の生きている時代だけでも、スペイ川もディー川も多くの犠牲者を出している。

つまるところ、水のもっとも驚くべき性質はその力だ。水のきらめきや輝き、その音楽、そのしなやかさ、優美さ、体を打つ感触を私は愛している。しかし、私はその力を恐れてもいる。私の先祖たちが、彼らの崇める自然の力を恐れたに違いないように。すべての謎は、その動きにある。古代の蛇さながらに、大地に開いた穴からするりと抜け出てくるのだ。私は水が誕生するところを見てきた。山のまさに頂で、揺るぎなくこんこんと溢れる水を見つめれば見つめるほど、私は当惑してしまう。私たちは水というものを単純化している。学校に通う子どもならば誰でもわかる話にしてしまうのだ――水は山で生まれます、水は流れ、あるべきところに落ち着きます、人は水なしでは生きていけません、と。でも、私には水というものがわからない。その力を測り知ることはできない。私は子どもの頃、指で蛇口に蓋をして栓を目一杯開けるのが好きだった。水が私を打ち負かしてほとばしり、洗い立てのスモックをびしょ濡れにしてしまうまで、ありったけのちっぽけな力で指を押しつけたものだった。時々、指で山の泉に蓋をして水を押し返したいという突飛な衝動に駆られることがある。こんなことをしてどうなるものでもないのに！　水は私の手に負えない。人は水なしに生きてはいけないと知るだけ。健康であるために、人は水を見て、水の声を聴き、水に触れ、水を味わわなくてはならない。ただし、嗅いだところで匂いはないのだけれど。

五、氷と雪

流れる水が凍る。これもまた、ひとつの謎だ。かさを増した渓流で私が感じた水の力。絶えず悠々と岩棚を乗り越えていく水の流れを私は見つめていた。その白く力強い物質が、今や拘束され、罰を受ける。しかし、氷と、流れる水の力との闘いは、そう簡単には終わらない。戦況は変化する。水の動と氷の静が拮抗する地点で、いくつもの不思議で美しい形が進化してゆく。ある真冬の日、一日中渓流から渓流へと渡り歩き、それらの形を見て過ごした。その時初めて、流れる水が凍ることで、どれほどたくさんの素晴らしい形ができるのかを知った。渦巻きや突起の一つ一つに、二つの根源的な力がせめぎ合う瞬間を捉えることができる。

これらの形ができる過程を初めて本当に見たのは、一月のある日、スルーガンの谷[1]を歩いていたときのことだった。その前の晩、ブレマー[2]の村の気温は華氏マイナス二度［摂氏マイナス十九度］にまで落ちていた。私たちはその日の午後、モローン山[3]に登り、日が沈むと同時に満月が昇るのを見た。真っ黒なモミ[4]の木立を除けば、そこは真っ白い世界だった。（翌日のグレン・コイッヒでは、谷の奥まで広がる古いモミの木々が同じく絶対的な黒色——そこに緑色が入り込む余地のない黒色——を見せていた。）厳しい冷え込みに雲ひとつない空。白い世界。沈む太陽と昇る月。モローンの斜面からじっと見つめていると、それらはプリズムを通して放射された、青、若紫、藤色、そしてバラ色の光に溶けていく。満月は緑色の光の中へと浮かび上がった。バラ色と菫色が雪原と空とに広がる。色が自身の生を生き、肉体と復元力《レジリエンス》を持っているかのように。私たちが色を見ているのではなく、まるで色がその実体の内部に私たちを取り込んでいるかのようだった。

翌日、光り輝く太陽が雪をきらめかせ、バラ色に輝くベン・ア・ヴアードの崖が、私たちの上方高くに張り出していた。なんて凜とした、なんて輝かしい世界！　そして、なんという静けさ。聞こえるのは雪を踏むブーツの音だけ。一度、アカライチョウ[5]か何かが音もなく飛び去ったので、私たちは素早く上を見上げ、獲物を狙っているワシ[6]を探した。すると、ワシははたして谷をこちらに向かって飛んでくる。私たちの頭上をだいぶ低く滑空したので、空を背に風切羽の分かれた羽の一枚一枚や、滑空するために静止させた翼の素晴らしい隆起まで見ることができた。谷頭《こくとう》近くには一本の木にヒガラ[7]たちがとまっていた。また一度は、ムナジロカワガラス[8]が凍るほど冷たい川に突然飛び込んだ。寂しい世界かと思いきや、そうではなかった。雪原のいたるところに、鳥や獣が残した足跡があったのだ。

私たち同様、動物たちも移動していた。私たちは雪の吹き溜まりを軽々と歩きもするが、膝上までずぼりと沈んでしまうこともある。動物たちの足跡も、時に雪に深い穴をあけていた。あけられた穴のパターンを読み解かない限り、足跡とはわからない。時々、いい塩梅で雪面に踏み込まれた、明らかにそれとわかる足跡もあった。またある時は、四つ五つ、ポツポツと小さな穴があいていて、鳥の鉤爪が貫いたものであることを示していた。

こうした足跡の数々は、冬の山歩きを特別楽しいものにしてくれる。時間差があるとはいえ、道連れがいるということなのだ。ユキウサギ[9]が跳ねる、ユキウサギが走る、狐がブラシのような尻尾を引きずる、アカライチョウのたくましい足、ムナグロ[10]の華奢な足、アカシカ[11]とノロジカ[12]がこの道を通った。足跡のくぼんだ部分には、氷の繊細な格子模様《トレーサリー》が見つかることもある。ユキウサギの足跡を縁どる柔らかな雪は風に吹き飛ばされ、残った足跡が浮き上がってレリーフ状になる。柔らかく乾いた雪に残されたユキウサギの足跡は、葉っぱのような模様を作り出している。細い糸に通した二つ穴のビーズのように小さな足跡が、未踏の雪原の真ん中に現れることもある。指で探ってみると、雪の中にトンネルを見つけた。ここから小さなネズミが出てきたに違いない。

鳥たちや、数々の足跡（その朝は、四つ足の動物はまったく見られなかった）はスルーガン川[13]をさかのぼる私たちを楽しませてくれたが、もっとも繊細な美しさで目を喜ばせてくれたものは、水からもたらされた。この日以降も、凍ってゆく過程にある渓流をたくさん見てきたが、その繊細な現れを言葉で表現できるか分からない。その一つ一つが、同時進行的な二つの運動——凍り固まる動きと水が流れる動き——の相互作用によるものだ。時に、第三の力である風が吹くと、できあがる形はさらに複雑になる。氷は水晶のような透明さを見せることもあるが、半透明であることが多い。皺が寄ったり、ひび割れたり、気泡が入ったり。全体が、あるいは端だけが緑がかっている。水が石にぶつかり、渦を巻く。そこで凍った氷は光を通さず、途切れた輪を描く。川幅に行儀よく並んだ石の上をうっすらと水が流れ落ち、これが凍りつくと緑色の縮れた小さな氷瀑になる。すると、その上流の水が半凍りになってダムを作る。氷は緑色だが持ち上げてみると無色。縁《ふち》は硬い。それは、ぎざぎざした葉の形を思わせ、切りそろえていない手すきの紙のようでもある。ぎざぎざの先端はどれも鮮やかな緑。張り出した岩から水が風に吹かれることなく滴り落ちると、明るく澄んだほぼ完璧な氷の球体ができる。この不規則に起伏する山の領域にあって、これらの球体は人間が作ったかのようにあまりに規則的で、現実のものとは思えない。石に跳ねる水しぶきは、岸辺でゆっくりと固まっていく雪に切り込み、透明な溝模様をつける。あるいは、ヘザーの小枝を濡らす。これが固まると、濁りのないガラスの木に仕立て上げられる。巧みに作られたおもちゃのようだ。岩の表面を流れる水はロープ状に固まり、その撚《よ》りまではっきり見て取れる。水が岩からまっすぐに落ちるところでは、つららが下がる。つららは太腿ほどに太く、何フィートもの長さがある。落下する水に風が斜めに吹きつけると、つららも斜めにできる。私は、三日月刀のような形のつららを見たことすらある。つららは、しっかりと、そしてがっしりとその場に凍《い》てついていた。その時ばかりは、風さえも固められたわけだ。時に、滑らかな水の流れは薄い氷に覆われる。氷と水面は完全に触れ合ってはおらず、氷の数インチ下に水の流れが見える。凍結が始まると、上流の水が凍って、流れる水の量が減るためだ。水面が岸から岸までカチカチに凍ると、けたたましいノックの音が聞こえることもある。氷の下で勢いよく流れる水が石を跳ね上げ、これが氷の天井にぶつかるのだ。渓流の岸辺に広がる湿地では、硬く凍った雪と思って踏んだものがパリッとした薄い氷の表層にすぎず、それが割れると、何千という氷の針状結晶が塊となって現れる。深さ四、五インチ［約十―十三センチ］の、縦溝装飾《フルーティング》が施された柱だ。渓流に張った氷の裏側を覗くことができれば、筋状の溝が刻まれた見事な模様を目にするだろう。アーチ状の模様や、のみで彫り込まれたような模様。水面を写し取ったメダルの表面《おもてめん》。絵画とその絵が描こうとする実際の風景のあいだで生じる強弱や重層的なデザインは、絶妙な変化を見せる。つまり、氷と流れる水とのあいだで作り出される素敵なものには限りがない、ということ。

　渓流の石の周りに凍りついた動物の足型状の氷や、岩棚から下がっていた氷の人参がゆるみ、思い思いに川を流れ下る。これらは浮かんだ睡蓮の群れ、あるいは、カリフラワーの房の集まりにも見える。日没の光が、この緑がかった白色の一群のなかで戯れ、さまざまな色合いにきらめく。湖の出口付近のある場所で（こんな話はほかでは聞いたことがなかったが）、流氷のあいだを漂う独特の水の動きが、湖に浮かんだ何千ものマツの葉をみっしりと目の詰まったボール状に編み上げた。あまりに複雑に絡み合っているため、その均整のとれた形は永久に崩れることがない。このマツの葉でできたボールは、水から出しても何年だって持ちこたえる。これができあがる過程の秘密を知らされていない人にとっては、植物学上の謎だろう。

雪もまた、厳しい寒さと風に弄ばれる。晴れた日に、乾いた雪が風に吹かれると、麦畑を渡るさざ波のようになる。猛烈な風に吹かれたわずかばかりの雪が、山頂にある岩の、風の当たらない面に凍りつき、細長い水晶のようになる。風が岩を取り巻くように吹きつけたのか、これらの結晶がかすかに一点へと集まっているのを見たこともある。風が凝固したもう一つの例だ。または、風がさらさらした雪の表面を持ち上げる。この繊細な削り屑は、風に吹き飛ばされるより前に寒気《かんき》によって固められ、透明なモスリンのひだ飾りになる。風と凍結とがこんなふうに形になったものを、私の友人の一人は「プリンス・オブ・ウェールズの羽根」[14]と呼んだ。雪は雲となって吹き過ぎてゆくこともある。近づいてくるのは見えるのだが、その雲はとても小さな氷の粒でできていて、あまりの細かさゆえに通り過ぎてもその一つ一つを見分けることはできない。手をかざしてみると、微小な水滴に手が覆われる。手に当たる感触はほとんど感じられない。しかし雪の雲に顔を向けると、微細な針たちが目を刺してくる。そんな雪は山の斜面を幽霊のようにうっすらと覆う。その昔、粗末な屋根の教会で、年老いたスコットランド人牧師の頭に落ちた「うっすら覆う粉雪《グラスター・オ・シフテッド・スノー》」のように。[15]

雪はしばしば、輝く青空からも降ってくる。地平線上に低く、もくもくとした白い積雲が大群となって控えているようなときに。雲のひとつがその隊列から膨らみ出ると、その先端から、細かすぎて誰もその存在に気づかないような薄い雪片が青空を舞う。数分もしないうちに、空には雪が降りしきる。いったん雪が降ると、小峡谷《ガリー》は塞がれ、渓流には氷が張る。すると、空と水を染める色のなかで緑がもっとも際立つ。渓流も、それより大きな川も、雪に覆われた岸に挟まれると一様に緑色の光を放つ。木こりの小屋の煙突から立ち昇る煙が、雪を背に緑がかって見える。雪に落ちる影は、もちろん青い。しかし、雪が風に吹かれてさざ波立つところでは、影の下半分はほとんど緑色に見える。雪の降る空は、しばしばまじりけのない緑色を見せる。夜明けや日没の時分だけでなく、日中を通して緑色なのだ。雪で緑に染まった空は、水や窓に映ると実際よりも緑が濃く見える。そんな空を背景にすると、雪に覆われた山は、まるでビルベリー[16]色に上塗りされたかのように紫がかって見えることがある。一方、新たな雪が降る前には、すでに雪に覆われた山並みが金色がかった緑に見えることもある。この緑色から、小さな山がひとつ突き出ている。この山は広く間隔をあけて立つモミに取り巻かれているのだが、木々の背後に見える雪に覆われた山の表面全体が、電気を帯びたように鮮やかな青色に燃え輝く。

雪に覆われた山群全体を離れた場所から見てみると、その姿は、山が纏う空気によって変化する。岩が顔をのぞかせる程度に山肌をうっすらと覆う雪は、もっとも幽かな青色よりさらに実体を失《な》くしたかに見える——現実から生み出された幻とでも言わんばかりに。雪が溶け始め、上のプラトーはまだ白いけれど、山腹の低いところでは雪の筋や斑点が残るだけになると、白っぽい灰色の空を背に、黒ずんだ部分だけが立ち現れてくる。プラトーはもはやそこには存在せず、圏谷へとせり上がる尾根の数々が尖峰や針峰《エギーユ》さながらに浮かび上がる。夜になると、空が粘板岩《スレート》を思わせる青みがかった濃灰色に変わり、雪をかぶっていない山腹の低い部分を同じ青色に染める。すると、雪に覆われた横に長い山頂部は、白い触手を下に伸ばして、支えなしに空に浮かんでいるように見える。

ついに山全体がすっかり雪に覆われると(毎年の冬がそうなるわけではない。ケアンゴームの天候はそれほどまでに予測不能なのだ。スキーヤーなどは、適度な雪の深さと雪面の状態を春まで虚しく待つ年もある)、晴れた日の輝きは強烈なものになるが、ダメージを与えるようなことはない。冬の光は、危害を及ぼすほど強くはないのだ。凍った雪の上を、陽光を受けて光る何百万という氷の粒が輝く中を一日中歩いたこともあるが、私は目に負担を覚えたことはない。雪盲にやられたのは一度だけ、それは四月も末《すえ》のことだった。春分の日を五、六週過ぎる頃までには、ここ北部の光も強くなる。ここまで北に来ると太陽は輝かない、という妙な思い違いをする人がいると聞いたことがあるが、そんなことはない。空気が澄んでいるから光も強いのだ。ここの太陽は熱よりも光が勝るのだと思う。その四月の終わり、穏やかな天気が続いたあと、突然雪嵐が吹き荒れた。一晩中降りしきり、翌日になって陽が照っても溶けずに残っているほどの大雪だった。私たちはベン・ア・ヴアードのドゥ・ロッホに向かっていた。山頂に行くつもりはなく、風や雪に対する備えをしていなかった。凍《こご》えるような風や照りつける日射しで肌をひどくやられるとは思っていなかったし、それまで雪に反射する強い光を一切経験したことがなかった。しばらくすると、ぎらぎらする光に耐えられなくなり、雪の上に深紅の斑点が見え出した。私は気分が悪くなり、力が入らなくなった。私の連れは雪にへたり込む私を置いていけないと言い張るし、私は私で、冬のようにしんとした湖を撮影するという彼の山行の目的をどうしても失敗に終わらせることはできないと言い張った。そこで私は、彼の濃い色のハンカチで目を覆いながら何とかして進んだ。目隠しをされた惨めな囚人といったところ。そして私たちはやっとのことで、圏谷の陽の当たらない側の影にかくまわれたのだった。その日は肌もひどく焼けてしまった。その後何日も、私の顔は大酒呑みのような赤紫色をしていた。雪は暖かい空からも吹いてくることを覚えていたら、この不快な出来事は避けられたかもしれない。

しかし深刻なのは、そうした気まぐれな嵐ではなく、大量に、間断なく、猛烈に吹き荒れる一月のブリザード――人を閉じ込めて完全に孤立させてしまう「地吹雪《ブリン・ドリフト》」にほかならない。そのような状況で山に入るのは愚かな行為だ。狩猟番の金言に、「自分の足跡が雪に埋もれて見えなくなったら、それ以上進んではいけない」とあるように。しかし、ブリザードがたちまち起こって、逃げる間がないこともあるかもしれない。何日ものあいだ雪がしんしんと休みなく降りしきり、圏谷の深い鉢に積もると自重で自分を押し潰していく。大嵐はそんな時に起こる。いくつかの嵐がまず山々の上に集まり、それが広がって山以外の大地を覆ってゆくのだ。私は、五十年来最悪と呼ばれることになった、この地を直撃した嵐の始まりを目撃した。黄色く濁った海で激しく揺さぶられる難破船のように、ケアンゴームの塊が渦に巻かれ、沈んでは浮き上がるのを（まさにそんなふうに見えた）、モローン山の肩から見たのだ。崖と張り出した岩とでできたこの難破船は、空にもみくちゃにされていた。逆巻く雲の海で、帆桁が、そして帆柱が一瞬持ち上げられる——それは、山の控え壁《バットトレス》と雪庇《コーニス》だとわかった。海がその上で閉じたかと思うとまた開《ひら》いて、持ち上がる帆桁が再びちらりと見える。あるひとつの形が一瞬この朦々《もうもう》とした雲の中を進んでいくかに見えたが、残酷な渦に呑み込まれてしまった。蒼白く、そして黄色く、空は激しく痙攣していた。

この段階ではまだ、私が立つ大地に雪はなかった。十二月を通してずっと地面は白く覆われていたものの、年が改まって最初の週に、四月の陽気を思わせる日が訪れたのだ。雪は日光浴をして自らを溶かし去り、地面は柔らかい空気に包まれて穏やかに日なたぼっこをしていた。しかし今、向かいの山では鞭打つ風が激しく吹き荒れ、その風は私が立って見ているところまで届いた。すぐさま私はその力に押され、まっすぐに立っていることがままならなくなった。風に乗って、細かいアザミの冠毛のような雪が舞う。さながら宙に漂う蜘蛛の糸。しかし、その儚さ、そのほとんど空気のような実体のなさは、その後何週間にもわたって地面に残り続けることになる雪の重さと固さの始まりだったのだ。

圏谷にみっしりと積もった雪は、何ヶ月ものあいだ溶けずに残る。実際、一九三二年から一九三四年に異常な暑さの夏が続いたときまでは、七月になっても硬い雪の壁が残っていた。何フィートもの厚みと、圏谷の崖と同じくらいの高さがあり、岩壁の輪郭に沿いながらも岩壁から反るようにしてそそり立つ。かつては夏にも見るべき価値のある雪がたくさん残っていた。私はそれが万年雪だと信じていて、畏怖の念を持ってそれに触れたものだった。しかし一九三四年の八月までに、ブレーリアッハのガーヴ・コーラのもっとも奥まったところのわずかな部分を残して、ケアンゴームの雪はすべて消えてしまった。古《いにしえ》の歴史が、私たちの雪から失われたのだった。

五人のチェコ人の飛行士を乗せた飛行機がベン・ア・ヴアードに墜落したのは、先ほどその始まりを描いた嵐の中、ブリザードの最中《さなか》での出来事だった。[17]深い雪に突っ込んだのであろうことは、ほんのわずかしかダメージを受けていないエンジンの状態から明らかだった。

ブリザードは、これらの山々にあって、もっとも命を危険にさらす気象条件だ。雪以上に恐れるべきは風。私がケアンゴームをよく訪れていた時期だけでも、そこで命を落とした人たち（飛行機の墜落事故で死んだ人たちを除いて十人あまり）のうち、四人がブリザードで亡くなっている。ほかは、三人が岩から滑落――うち一人は若い女性。それから一人は、五月の残雪が氷のように硬いとも知らずに足を滑らせた。彼らはみな若かった。彼らのほかには、もっと歳のいった男性が二人、出発したまま行方不明になってしまった。このうち一人の遺体が二年後に発見された。

ブリザードに巻き込まれた四人のうち、二人は一九二八年一月二日に、もう二人は一九三三年の同じ日に亡くなった。前の二人は、最後の夜を当時は使われていなかった小屋で過ごした。そこはその後、私が人生でもっとも幸せな時間を過ごすことになる場所だった。年老いた鹿撃ちのサンディー・マッケンジーがその時はまだ存命で、彼の農地にあるもう一つの小屋に住んでいたのだが、彼がその青年たちにブリザードに気をつけるよう警告していた。私は今、マッケンジー夫人と暖炉のそばに座っている。強風が煙突の中で唸り、鉄の屋根をガタガタといわせている（「このブリキ缶の家」、と彼女はここをそう呼ぶ）。彼女の皺だらけの手が火を入れるためにモミの木の根を組み上げるのを見ていると、彼女はあの夜も煙突の中で唸り声を上げていた風のことを話してくれた。私は、あの事故から時を経て、激しく打ち付ける今夜の風の音を聞いている。風は一晩中吹きどおしだ。「もしあんたが起きて出かけていたら、家もあんたについてっただろうよ」と彼女は言う。戸口の近くで眠り、時間に関係なく外をさまよい歩く私の習性を、彼女は知っているのだ。昨夜どんなふうに寝袋に潜り込んだかを思い出しながら、私はその二人の青年たちが、がらんとした小屋の床に横たわる姿を思い浮かべる。屋根はガタガタいい、氷のように冷たい風があらゆる隙間から吹き込んだだろう。彼らはそんなことは気にしなかった。とにかく屋根があればよかったのだ。「それから塩——あの子たちは塩を欲しがったねぇ」。もう二度とこの世でのもてなしを受けることのなかった二人の青年たちの、奇妙に象徴的な要求だった。マッケンジー夫人の老いて霞んだ目は、遠くを見つめている。「これじゃ、雪はほっぺに落ちる前に凍ってしまうねぇ」。そう彼女は言った。マッケンジー夫妻の息子、ジョンが、三月に二人目の遺体をある雪の吹き溜まりで発見した。そこは、彼と彼のウェストハイランド・テリア犬が何度も通っていた場所だった。「でもその朝は、そいつがキャンキャン鳴いてね」とジョンは私に教えてくれた。「見つかるところに見つかるもんさ」と老夫人。彼女はふいごを取って薪に風を吹き込み、すでに火を熾《おこ》していた。「サンディーが山から戻るとよく言ってたよ。花にも色々あるけれど、火こそ一番きれいな花、ってね」。彼女はお茶を淹れる。でも、彼女があの夜の嵐を私たちの炉端に呼び寄せてしまったから、嵐は一晩中ここにいる。

別の二人の青年たちは、時に生じる奇跡のような真冬の好天のもと、ケアン・ゴーム山を越え、ロッホ・アーンのほとりにあるシェルター・ストーンで夜を過ごした。彼らは地元の若者たちだった。私たちはその年の七月のよく晴れた日曜日、夜明けに出発して、午前中のあいだずっと、誰もいない山をひとり占めにした。すると驚いたことに、人の流れが続々とグレンモアから易しい道を登ってくるのが見える。彼らは山を越え、シェルター・ストーンへと下りてくる。私たちは山の上に百人を数えることができた。彼らは、件《くだん》の二人の青年が眠った場所を見に、そして、数え切れない人たちを守ってきたこの巨大な、絶妙なバランスで立つ岩の下に、防水カバーにくるまれて置かれてあるノートブック、そこに書きつけられた意気揚々とした楽しい報告を読みにきたのだった。青年たちはこれを書き終えて出発した朝、家に帰れなくなろうことなど夢にも思わなかったに違いない。彼らのうち一人は、経験豊かな登山者だった。しかし、彼らはあの風を計算に入れていなかった。ケアン・ゴーム山のアバネシー側[18]の麓にドーバック[19]という村があるのだが、そこにある小さな学校の女性教師が、この風のことを私に語ってくれた。足の不自由な彼女の妹さんが、校庭のひらけたところを歩いていたところ、足もとをすくわれ、吹き倒されたという。安全なグレンモアからわずか五マイル［約八キロ］の場所で、四つ這いになってコーラ・カス[20]を這い下りながら、二人の青年たちはこの風と闘い、力尽きたのだ。彼らが発見されたのは何日もあとのことだった。捜索隊の一人が、彼らの擦りむけた膝と指関節のことを語ってくれた。見つかったとき、年上のほうは四つ這いになったまま、雪の吹き溜まりに埋もれて固まっていたそうだ。「花の命の短きことよ」[21]。思うに、彼らは判断を誤った。けれど、私は彼らを批判することなどできない。山では一人一人が自分に対する責任を負うのだと認めるならば、それは私たちの誰もが引き受けるべき危険なのだから。そして、危険を冒してみて初めて、その危険のことがわかり始めるものなのだ。

六、空気と光

プラトーの希薄な空気の中では、いや、実際には山のどこであってもなのだが、空気があまねく澄んでいるため、影がくっきりと濃くなる。飛行機の影を見るといい。影は形あるもののように高原を滑走し、その縁《へり》にくるとぐにゃりと姿を変え、滑り落ちる。あるいは、羽毛のような草を一本摘んでみるといい。褐色をおびたピンク色の人目につかない草。それを一枚の白い紙の前に掲げてみると、その影がエッチングのように際立つ。はっきりとした黒。細部の隅々まで再現される奇跡。フィールド・ゲンチアン[1]の小さな花《か》冠《かん》の内側にのぞく繊細な房毛さえも、その影を花びらに投げかけ、花の美しさを引き立てている。

空気は山の一部。山はその岩と土とでは終わらない。山自身の空気を纏っているのだ。山が果てしなくさまざまな色合いに満ちているのは、その空気の性質によっている。山そのものはたいてい茶色なのだが、空気を纏うと青色になる。オパールのような乳白色から藍色まで、あらゆる青の色調がそこにはある。空気が雨を含むと、もっとも豊かな青色に。それから小峡谷《ガリー》は菫《すみれ》色に染まる。ゲンチアンとデルフィニウム[2]の色彩が、山の窪地にひっそりと火を灯す。

　これらの濡れた青色は、乾いた空気が生む青よりも感情に訴える効果を持つ。人はチャイナブルーに心を揺さぶられることはない。けれど、この紫の色相域は音楽のように人の心を波立たせる。空気中の湿気は、よく見知った山々の見かけの大きさや山までの距離、空を背にしたときの山の高さの感覚を狂わせもする。このことが霧に包まれたプラトーを歩く恐怖のひとつだ。というのも、突然、霧の切れ目を通して、三歩先と思われるところに固い地面が見えるのだが、実際のところそれは二〇〇〇フィート［約六一〇メートル］幅もある裂け目の向こうの地面だったりするからだ。ある時、私はある山の上に立ち、こちらの鼻先に顔を突き出している向かいの山をまじろぎもせず眺めていた。食い入るように目を凝らし、ふと視線を落としてみると、驚いたことに私とその山のあいだに湖が横たわっていた。その湖があることは完全にわかっていたはずだ。しかし、ありえない。そんな空間などないのだ。もう一度目を上げ、こちらに突き出た額を見る――それは、触れることができそうなくらい近かった。それから目を下にやると、やっぱり湖はそこにあった。またある時の、モナリアス山群でのこと。遠くに霞《かすみ》がかかる穏やかな春の日、谷も山も空もすべてがかすかに光る青灰色に染まり、細部はぼんやりとしていた。突然、私の頭上空高く、くっきりとした白い線が織りなす模様に気が付いた。模様の輪郭がよりはっきりしてくる。よく知っている形だ。これは、いまだ溶けない雪が残るケアンゴームの、プラトーの稜線と数々の圏谷とが描く模様だと気づいた。雪の骨組みがどこにも触れることなく、思ったよりもずっと高いところに浮いている。この効果はおそらく、あいだに横たわる谷の細部がぼやけ、見えなくなっていたことと関係があったのだろう。

今にも雨が降り出しそうな空には、全方向から物を見せてくれるような不思議な力もある。ちょうどステレオスコープを覗くと、物が立体的に見えるように。光線が空気中の微細な水滴を通って屈折し、見ている対象の背後に回り込むのだ。半マイル〔約八〇五メートル〕向こうの山の中腹にある、小さな農場を見ていたときのこと。この納屋のある農場には牛が一頭いるのだが、私は歩いて干し草の山を回り込み、牛の尻の辺りを叩いてやれるように感じたのだった。

霞は、物を隠しもするが、物をあらわにもする。一つの山と思えていたところに、数々の窪地や峡谷があることに気づかされる。景色に新たな深みが生まれるのだ。ロッホ・イーニッヒ[3]の大南壁のようなひと続きの長い崖に、控え壁《バットレス》の一つ一つがヴァンダイク風のレース編み[4]さながらに際立つ。同じくロッホ・イーニッヒの巨大な湖面を漂う薄い霧のヴェールは、太陽と赤い岩のあいだに流れ込むにつれて、虹色に変化する。

この花崗岩体の岩は赤いため、そこに含まれる長石はピンク色をしている。岩石も巨礫も岩屑もみな風化して冷たい灰色をしているが、削れたばかりの岩や水面下の岩は、真っ赤な輝きを放つ。非常に厳しい寒さに見舞われた冬を越えると、ラリグの川岸は生まれたての赤に染まる。そこかしこに赤く光る割れ目が見える。一軒の家ほどもある岩の塊が落下した跡だ。その下の方をほんの少し探してみれば、その落下した巨塊が見つかるだろう。一部がまだ新鮮な赤色を見せているか、バラバラに割れて明るい赤色の破片になっているはずだ。近くには、ずいぶん長いことそこにあった黒い巨礫があるが、この落石の一撃を受け、赤いかけらが削り落とされている。

あるいは、水の下。ブレーリアッハのベニー・コーラは、数ある圏谷のなかでもっとも地味だ――そこは灰色の崩れ石の寄せ集めにすぎない。しかし、その合間を縫うようにして、陽の光を受けたひと筋の小川が流れ、川床の石たちが赤々ときらめく。山の同じ側のもっと先にはロッホ・コーラ・アン・ロッハンがある。薄い霧が湖をすっかり覆ってしまうときでさえ、湖底の石は深く透明な水の下から明るい強烈な光を放つ。まるで水そのものが発光しているかのように。この優美な湖の岸は、ぐるりと赤色の石に縁どられている。ひたひたと打ち寄せる波が、地衣類の繁殖を防いでいる。

薄い霧。この霧を通して陽の光が広がってゆくと、おぼろげで幽霊のような美を山に与える。しかし、霧が濃くなると、盲目の世界を歩くことになる。これは良くない。その薄気味悪さにはスリルがあるし、道に迷わなければ深い満足感が得られるのではあるが。というのも、道に迷わずにいられるかは心の問題だから——冷静さを保つこと、地図とコンパスを手に持ち、それをどう使うか心得ていること、仲間の一人がパニックを起こして間違った方向へ行きたがっても惑わされないでいること、そうしたことにかかっている。霧の中を歩くことで、個々人の己を律する力が試されるだけでなく、人間同士がこの上ない相互関係を築けるかどうかの試金石ともなる。

霧が雨に変わっても、そこには美が立ち現れるかもしれない。流れる霧のように、横なぐりの雨にも、形態の美と運動の美がある。しかし、美しさのない雨もある。空気も地面もぐっしょり濡らしてしまうような雨が降るときの、肉体にも魂にも侵入してくる不快で陰気な雨。首を滴り落ち、腕を伝い、ブーツの中に入り込む。肌まで濡れて、荷物はすべて二倍の重さになる。そして、この人気《ひとけ》のない茫漠とした大地の荒涼さが心を打ち砕く。すると、山はぞっとする場所へと姿を変える。

春先の数日、プラトーはこの上なく荒涼とした場所になるように思う。雪はかなり汚くなり、ところどころ溶け崩れて、擦り切れたドレスのようだ。雪が消えた場所では、色が抜けてしまった草、色褪せて腐敗したベリーの実、灰色の房苔《ふさごけ》や地衣類があらわになる。生気を欠いた苔は弾力をすっかり失ってしまったかのようだ。足は沈み込み、跡が残る。苔のなかには、先にそこを通った鹿の足跡がある。こういうほうが、私にとっては凍てついた雪よりも寒々しく感じる。

けれど、こんな灰色の荒涼とした場面でさえ、太陽が顔を出し風が立つと、突如として美の奇跡を目にすることがある。地面に落ちた、ライチョウのふわふわした胸の羽毛が陽光を受けとめる。

光が羽毛を吹き抜ける。それほどに、儚い雪煙のような羽根は透明なのだ。綿毛《わたげ》は風に飛ばされ、そして消える。

また、単調な色合いの季節に、天候と同じくらい冴えない気分で、水かさが増した川にかかる橋に立ってみる。すると突然、世界が一新される。水に浸かってはいるものの、川の縁《ふち》にすっくと立つ木が光を灯しているのが見える。とても小さな木だが、非常に美しく精巧で、繊細な枝が水面下できらめく光の玉を湛えている。這うようにして岸に降り、神聖さを汚すとわかりつつも川に手を突っ込む。すると、ぐっしょり濡れた、形のはっきりしないものを掴んでいた。再び水中にするりと潜らせてみると、すぐに光る木に戻る。これを取り出して調べてみることにした。それは木ではなく、角張った茎を持つセントジョーンズワート[6]だった。その葉は油膜を滲み出させる微小な気孔に覆われていて、襲いかかる水から身を守る。川に飛び込むムナジロカワガラスが、体と水とのあいだに光の膜を纏うように。私は、ケルト神話の「銀の枝[7]」を思い出し、魔法とはこんなにも小さなことから起こりうるのだと驚いた。

今にも嵐が起こりそうな空は、隠れた火——稲妻、つまり「ファイア・フラハト[8]」と私たちが呼ぶ電気の明滅、そしてオーロラ——を目覚めさせる。こういう異世界の光の下では、山は遠い存在になる。山は闇の奥へと引き下がる。月も星も出ていない夜でさえ、山は見える。空は完全な闇にはなりえないのだ。空のほとんどに雲が低く垂れ込めた夜でも、空は地面よりもずっと明るい。もっとも高い山々でさえ、無限に広がる夜空を背景にすると低く見える。稲妻が閃くその一瞬だけ、山は遠くからこちらへ、近い存在へと引き戻される。

暗闇の中では、大地自身から放たれる炎に触れることもあるかもしれない。靴の鋲《びょう》が岩を打つと足元に火花が飛ぶ。通りざまに黒い泥を蹴散らすと、時に燐光の微小な点々が跳ね回る。

面白いことに、暗い中を歩くと、よく知っている場所について新しくわかることがある。ある月の出ない一週間——空は雲に覆われ、戦時下の灯火管制がしかれていた——私は毎晩、ホワイトウエルからアッパー・タロッフグルー[9]までのヘザーが生い茂った道を、ニュースを聴きにいくために歩いた。懐中電灯を持ってはいたが、使ったのはたった一度、タロッフグルー農地の門を完全に見失ったときだけだ。空を背に際立つ二本のマツの木が道しるべで、夜がどんなに暗くても、空は常に樹々よりもだいぶ明るかった。ヘザーの茂みを一本の道が通っているのだが、ヘザーは黒々としているので道がより白んで見える。轍《わだち》のあいだのヘザーの茂みや隆起も、石や踏みならされた地面に対して黒いために、道を見分けることができる。ところが驚いたのは、いかに自分がその道について知らなかったのか、ということだった。それまで私はこの道を幾度となく通っていた。しかし、足が目の代わりとなった今、私は道の隆起や穴のことも、細い水の流れがどこで道を横切るか、道がどこで上りどこで下るのかもわからなかったのだ。記憶のほとんどは目に宿っていて、両足にはほとんど宿っていなかったことに私は驚いた。私は普通、暗闇の中でも臆することはないし、難なく、楽しく歩く。ところがここでは、岩が地面にこぶを作っているというだけでよろけてしまうのだ。目が見えずとも歩けるようになるには、不断の努力がいるのだと思う。

この暗いヘザーが茂る荒地のもっとも高い部分に達すると、周りの世界が消え落ちてしまうように思える。まるで自分が世界の際《きわ》にたどり着いて、これからその際を越えようとするかのようだ。遠く、低い地平線には高い山並みが連なり、偉大なるケアンゴーム山群が、二つの農地のあいだにある空積みの石垣のように小さく見える。

見かけの大きさは湿度の問題だけではない。視界に入る他のものとの関係にもよるかもしれない。そんなことを思わせる、昇りたての月を見たことがある（中秋の満月《ハーベストムーン》で、角《つの》は押し黙っている）。空に低く、胸を張って浮かぶ巨大な姿は、山々を小さく見せていた。

七、いのち——植物

ここまで命を持たないものについて書いてきた。岩、水、氷、太陽。これでは、ここが生命のない世界に思えてしまうかもしれない。けれど、私は生物たちを生み出しているさまざまな力についての話をひとしきりしてから、生きているものについての話をしたかったのだ。山はひとつであり、分かつことなどできない。岩や土、水や空気は山にとって欠くことのできない存在で、それは、この土から育ち、その空気を呼吸する生きものたちが山にとって不可欠な存在であることと変わらない。すべては、生きている山という一個の存在が見せるさまざまな姿なのだ。崩れゆく岩、育む雨、命を吹き込む太陽、種子、根、鳥——すべてはひとつ。ワシもアルパインヴェロニカ[1]も山という全体の一部。比類ない美しさを見せるのは、「岩を割る者」の異名を持つユキノシタ属[2]。たとえば、岩だらけの高い圏谷を流れる渓流に、その一重咲きの花を星のように散りばめたステラリス、[3]渓流を下った辺りで柔らかな陽だまりのように集うアイゾイデス。[4]これらは山から離れては生きられない。目から切り離されてまぶたが機能するだろうか。

しかし、プラトーに吹き荒れるあの恐ろしい風の中で、よくも命が存在できるものだと驚かずにはいられない。高度という点では、このプラトーはそれほどでもない。四〇〇〇フィート〔約一二一九メートル〕よりずっと上でも、植物は生きられる。しかし、ここには風から身を守る場所がない。あるとしても、崖に向かって傾斜する幅の広い水路にできた、いく筋かの水が流れる場所くらいだ。そこに育つものは何であれ、とてつもなく広大な空に晒されながら育つ。アイスランドからの、ノルウェーからの、アメリカからの、ピレネーからの風がプラトーの上を切り裂く。ここプラトーの起伏した地表では、岩や深い峡谷が生育のための静かな場所を提供することはない。けれど、私が時々一緒に歩く植物学者によれば、ここには二十種類以上の植物が生息していて、多種多様な苔や地衣類、藻類も入れれば、もっともっと多くの種類がいるのだという。以前、彼がリストを作ってくれたので、私にもその数を数えることができる。生命に、退去を通告したところで無駄なようだ。

生命の不屈さは山頂だけでなく、より下方の、ヘザーが燃やされたあとの山の肩部でも見られる。[5]ヘザー自身が（霜や風、自然が生み出すあらゆる天候の厳しさだけでなく、火さえも耐え抜くその力はよく知られている）、焼け焦げた枝の下で、その根からほんのわずかに命の兆しをのぞかせるか、あるいは地中に隠れた種から新たに芽を出すよりずっと前に、セイヨウミヤコグサ[6]が、キジムシロ[7]が、ビルベリーが、小さなジェニスタ[8]が、アルパインレディースマントル[9]が、力強い新芽を吹き出すのだ。これら山の花たちは、言葉では言い表せないほど繊細な姿をしている。その茎はすらりとして、花は儚げだ。しかし、少しばかり地面に穴を掘ってみれば、そこには無限の耐久力を備えた根が見つかる。枯れ枝の塊のようにずんぐりとしていたり、腱の切れ端みたいに細かったりする根は、植物が生命維持に必要とするエネルギーを土の下に温存している。焼かれたり、霜にやられたり、枯れたりして地上に生えた部分をすべて取り去られても、この命の瘤《こぶ》が消えることはない。山が植物で活気づいていないときはないのだ。そんな季節はない。もし根がやられたとしても、生きている種が地中にあって、生まれ変わるための準備をしている。ここ以上に、命がその不屈さを証明している場所はない。あらゆるものが命を脅かすのに、命のほうは気にも留めないのだ。

　プラトーの植物は背が低い。地面にぐっと腰を据え、風に持っていかれそうな余計な枝葉は伸ばさない。彼らは這う。地表に沿って、もしくは地面の下を。彼らは重い根を錨にして停泊する。地上に出ている部分に比して、まったく不釣り合いに巨大な根で。彼らには雨風をよけるシェルターがないとは言ったが、個々の花にとっては、彼ら自身の群れそのものがシェルターの役割を果たす。マンテマ属のコケマンテマは、プラトーに生息する花のなかでもっとも驚くべきもので、六月から七月初旬に、その見事なピンクのクッションを、ほとんど草木の生えていない石だらけの場所に咲き広げて、私たちを驚嘆させる。この花は、ヴィクトリア朝風のブーケ《ヴィクトリアンポジー》みたいに密集して育つ習性を持つ。根もまた強く、そして地中深くに張っているので、ハリケーンからもしっかりとその体をつなぎとめる。根は生命の源泉を、このむき出したプラトーの、凍てつく寒さや激しい乾燥といった極端で予測不能に変化する天候から安全に守っているのだ。このようにプラトーの花々の中にあってもっとも特徴的なこの植物は、端的に言って、山の一部と見なすことができる。その生の有り様《よう》は、水が川を流れるように、山の生の在り方に抱《いだ》かれている。

マンテマの燃えるような色彩を放つ花のほうも、山の生にとってなくてはならないものだ。それぞれの集団がどれくらい生きているのかわからないが、これらの密生したクッションの生長具合から判断するに、いく冬もの激動を耐え抜いてきたものもいるに違いない。山に生息する花のほとんどが長生きだ。一つの季節でその一生を駆け抜けてしまう類いの植物は、この高い場所では確実に実を結べるとは限らない。子孫を残せないかもしれない。個々の植物のみならず、その種全体に、死が常につきまとう。長生きの種ですら、時々次の世代と入れ替わらなくてはならないのだ。しかし、山頂に虫が飛んでくるのは夏の数日だけ。だからマンテマは、この情熱的な色を花びらに吹き込み、蝿たちを誘う[10]。

山のより低いところ――山のあらゆる斜面、山の肩部、尾根、それから麓の荒野――において、特徴的な植物はヘザーだ。これもまた、山にとってなくてはならない植物。山の実体そのものがへザーの生の中に存在している。というのも、ヘザーはこの山々を形成する花崗岩にもっとも豊かに生息しているから。この山々に生育するヘザーは三種——二つはエリカ[11]で、一つはリング[12]。このなかでは、六月に咲くエリカのベル・ヘザー[13]が美しさではもっとも劣るが、その赤く燃えさかる群生は、ほかの山肌がまだ茶色いなかで、雲間から突如として差し込む強烈な陽の光のようだ。ベル・ヘザーより薄いピンク色をしたクロスリーヴド・ヒース[14]のほうは、湿った場所のあちこちに小さな塊となって生息している。しばしば頭をひとつ持ち上げて、ほとんど蠟で固めたように動かない。蜂蜜の香水をつけたおめかし屋。しかし、そのアメジスト色で山々を覆うのは、八月咲きのリングだ。今、彼らは優雅で穏やかに見える。というのも、ただただ、その柔らかい光が何マイルにもわたって広がっているから。暖かな日差しのもと、リングの上を歩いてみるといい。できれば山道ではないところを。（「あたしは道なしがいちばん好きなの」と私の小さな友だちの一人が、ちゃんとあとについて来るよう父親から言われてそう返したのを思い出す。）花の香りは人を酔わせる煙となって立ち昇る。暑い日に羽虫のオーラに取り巻かれて歩く時みたいに、ヘザーの香りのオーラに包まれる。足が花を梳《す》くと、花粉が香りの煙となって舞い上がるのだ。花粉はブーツの上に積もる。裸足で歩けば、足全体に付着する。黄味がかった子鹿色。触れると絹のよう。でも指の腹に粒々がわずかに感じられる。これが何マイルも続くと、匂いに体が麻痺してしまう。教会でお香を嗅ぎすぎるのと同じで、崇敬の念——これは感情の高まりと同様、明晰な知性も必要とするのだが——の鋭敏さが鈍ってしまうのだ。
どの季節の山も等しく愛する者にとっては、花を咲かせているときのヘザーこそが最高の姿というわけではない。ヘザーの最高の魅力は、ただそこにあること。すなわち、足元にあるという感覚。長いこと耐え忍んだあとで、久しぶりに足の裏にヘザーを感じること。これが私の知るもっとも愛すべき喜びのひとつだ。

匂い――香りや芳香と言ってもいい――は「いのち」という主題と密接な関係がある。それは大体において、生きる過程で得られる副産物だから。匂いは火の副産物でもある。もっとも、火は生きているものや生きていたものを食べて生きるのではあるが。また、匂いは化学反応の副産物でもある。けれど、山で朽ちたものの内部で、難解な化学的過程が進行しているとしても、それは私の鼻にはほとんどわからない。私が嗅ぐのは命の匂い。それは、植物や動物の匂い。大地のすばらしい匂いですら――それはこの世でもっとも芳《かぐわ》しい匂いのひとつ――命の匂いだ。バクテリアの活動がこの匂いを発生させているのだから。

こうして、植物は命の営みを送るなかでさまざまな匂いを発散する。そのなかには、花が放つ蜜の香りのように、虫を誘うための特別な匂いもある。ヘザーのように、太陽の熱でその香りがもっとも奔放に溢れ出るならば、それはその時昆虫が活発に活動するからだ。しかし、モミの木のように、香りが樹液、つまり木の命そのものに備わっている場合もある。マツの芳醇な香りが肺の奥へ奥へと進んでくると、流れ込んでくるのは命だとわかる。私は鼻腔の繊細な毛を通して命を吸い込む。マツは、ヘザー同様、太陽の熱に反応して芳香を発する。もしくは、森林官たちがやって来て、木を切り倒したときの匂いも強烈だ。この山々の低い場所に育つあらゆる植物の中ではトウヒ[16]が、のこぎりの入ったときにもっとも力強い香りを空気中に放つ。熱い太陽に照らされると、匂いはほとんど酵母のようだ。鍋で煮立つ苺ジャムのようでもあるが、鼻や喉の粘膜をこわばらせる刺激がある。

葉に香りが含まれる山の植物のなかでは、ボグマートル[17]がその典型だ。この灰緑色の灌木はぬかるんだ窪みを満たし、ワタスゲ[18]やモウセンゴケ[19]、ボグアスフォデル[20]やスポテッドオーキス[21]、それから地衣類の微小な深紅の花冠に囲まれている。その香りはすっきりと涼しげ。ワイルドタイム[22]と同様、潰すと特に強い香りを発する。

もう一つの灌木、ジュニパー[23]はその香りを隠している。この木は全体ではなく、部分部分が枯れるという奇妙な性質を持つが、この死んだ枝をパキンと折ると、スパイスの効いた香りが立つ。私はジュニパーの枝を一本、時々新たにこれを折ってはスパイスの香りを蘇らせつつ、何ヵ月も持ち歩いている。ジュニパーの枯れ木は、絹のようにすべすべした灰色の肌をしていて、雨をはじく。もっとも雨の多い季節、森のモミがその枝の一本一本をぐっしょり濡らしているときに、ジュニパーはぱりっと乾き、澄んだ熱を放ちながら燃える。スコーンを焼く鉄板の下に置くのに、これほど適した木はない。おそらくは埋《うず》み火《び》にくべるカラマツ[24]の小枝を別にして。また、低いジュニパーの茂みに厚く積もった柔らかな雪をはらい落としながら歩いていたとき、冬の空気に立ち昇る芳醇な香りをも叩《はた》き立てていたことに驚いたこともあった。

カバ。トウヒと同じく山の低い斜面に生える木。これは匂いを発するのに雨を必要とする。コクのある、年代物のブランデーのようにフルーティーな香りだ。暖かい雨の日など、その香りで酔ったように気持ちよくなれる。香りは感覚神経を通して作用し、高次中枢を狂わせる。わけもなく興奮してしまうのだ。

カバは、服を着込んでいるときが美しさの点でもっとも劣る。開きかけた葉が緑の炎となってまだらに木を彩るとき、または次第に葉が落ちて木々が金色のレースに変わるとき、繊細な美を見せる。しかし何といっても、葉が落ちて裸になったときがもっとも美しい。傾いた陽に照らされて、その紡ぎ立ての真綿のようにすべすべした小枝は、光から生み出されたかのようだ。カバの素の姿は紫色。樹液が昇って木を満たすとき、[25]この紫色があまりに輝くので、山腹にカバの森を見たその信じがたい一瞬、ヘザーが満開になっているのかと思ったことがある。

これら紫に輝くカバの木々が漂う中で、時折現れるナナカマド[26]はさながら死人のようだ。葉の落ちた大枝は滑らかな薄墨色。冬の光がその上を通ると、ほとんど幽霊のようだ。ナナカマドの見ごろは十月。この時期、その葉は血のように赤く輝き、房なりになった実の暖かい赤色をもしのぐ。

これが「聖なる命の木《ブレスト・クイックン・ウッド》」と呼ばれる木。[27] 邪悪な霊に対抗する力を持つ。ナナカマドは決まって単独で生息し、あちこちでカバやモミのあいだに混じり、時に彼らよりも高く育つ。峡谷の小川のほとりに寂しくたたずむ灌木。

　この山の十月は彩り豊かな月。六月よりもずっと色鮮やかで、その強い光は八月よりも鋭い。低い斜面に生えるカバやワラビ[28]の金色に始まり、色彩は上へ上へと駆け上っていく。ヘザーの根のあいだをひっそりと這うあらゆる植物たち――豊かな緑、オークを思わせる茶色、または緋色の苔、ビルベリー、クランベリー[29]、クロウベリー[30]といったベリーを実らせる植物――のあいだを通って。ビルベリーの葉は燃えるような深紅。ロシーマーカス[31]の森でもっとも魅力的だ。一九一四年の戦争で、この森のモミの木々は切り倒された。その一つ一つの切り株の周りや切り株そのものから、ビルベリーがすらりとした茎を伸ばしている。十月になると、先の尖った無数の赤い炎が荒野全体に燃え上がるかのようだ。

　この森は一九二〇年の初夏、本物の火事で燃え上がった。狩猟番の一人が語ってくれた話によれば、彼ら四十人が十日十晩見張りについて火が燃え広がるのを防いだという。夜には木々の幹が、炎の柱さながらに輝いたそうだ。

　今や、こうした立派なマツの森はあまり残されていない。だが山に続く谷には、非常に古いモミの木々が今でもわずかに残っている。おそらく太古のカレドニアの森[32]のものだ。山の反対側のバロッホブィー[33]同様、古い木々が今なおグレン・イーニッヒに立っている。それからロッホ・アニーラン[34]の岸辺には、荘厳で巨大なヨーロッパアカマツ[35]があちこちに生える。その胴回りは私の（かなり長い）両腕の二倍半はある。剥がれ落ちた樹皮は長さ一・五フィート［約四十六センチ］もあって、本みたいに分厚い。根は山道の斜面上部、土が水にえぐられたところでむき出しになっている。捻《ねじ》れ、絡み合い、かごに入れられた蛇たちのようだ。また、そこかしこに、とくにロッホ・イーニッヒの流出口にある水門脇に、随分前に朽ちたたくさんの木の根の残骸が泥炭沼に半ば沈んでいるのが見られる。

　この水門の歴史は、湖のほかの水門と同様、十八世紀の終わりにさかのぼる。太古から続く森に、伐採者たちの木を切る音が鳴り響いていた頃だ。丸太の準備ができると水門がひらき、木々は水の流れに乗ってスペイ川へと運ばれる。ロシーマーカスのエリザベス・グラントによる『ハイランドの婦人の回想』[36]に、これにまつわる彼女の子ども時代の記憶が生き生きと描かれている。材木が富の源だと初めてわかり、木々が切り倒されていた頃、小さな製材所があちこちの渓流に面して建てられた。森のわずかばかりの空き地に、のこぎりと、部屋が二つきりの小屋、それにオーツ麦の小さな畑。けれど間もなく、丸太をすべてスペイ川へと流し、簡易な筏《いかだ》に仕立ててフォッホバーズ[37]とガーマス[38]に運んだ方がもっと儲かるとわかったのだった。こうした大昔の製材所の場所自体、今は忘れ去られている。今日《こんにち》では、トラック、製材所、機械類全部が持ち込まれ、必要な期間だけの小さな町区《タウンシップ》を作り、土地の人ではなく外部の人たちが木を倒し、枝を刈り、切断して材木に仕立てている。ただ、古いやり方もそこここで細々と続いていて、土地に深く根付いた人が世話をする地元の馬が、人の入っていけないような奥地からチェーンで結ばれた丸太を引いてくる。そして夜になると、荒地の端の古くからある農場のひとつへと帰ってゆく。

　森の最初の大規模伐採は、ナポレオン戦争の時だった。自国産の木材が緊急に必要とされたのだ。一世紀後、同じことが起こるのを私たちは見てきた。一九一四年、そして一九四〇年にはさらに徹底的に、森は一世紀前と同じ道をたどった。森は再び育つだろうが、しばらくの間は土地が傷つき、生き物たち——カンムリガラ[39]や人目を嫌うノロジカ——は逃げてしまうだろう。私は特にカンムリガラが心配だ。その希少な存在こそが、これらの森が誇る栄誉なのだから。

　この優雅な美しさを持った鳥を見ようとしたが失敗に終わった、と何人もの人が言うのを耳にしてきた。しかし、彼らの集まるところ（その場所は教えてあげない）を知っていれば、簡単に木から呼び寄せることができる。幹に寄りかかってじっと立っているだけでいいのだ。カンムリガラの動き回る音や小さな鳴き声を聞いたことがあるだろう。だが近づくと彼らは飛び去り、一羽も見えなくなってしまう。でもじっと静かに立っていれば、一、二分で彼らはこちらのことを忘れてしまい、枝から枝へと飛び移り、こちらの頭上近くにやって来る。カンムリガラが私の目から一フィート〔約三十センチ〕も離れていないところに現れたこともある。しかし巣作りの季節になると、彼らは口やかましい女のようにがなり立てる。私も、あるカンムリガラのつがいに怒られたことがあるが、そのあまりの激しさにすっかり幻滅してしまい、木から立ち去ったのだった。

湖の古い水門を開けた時の水の勢いの激しかったこと、と八十歳になる女性が説明してくれた。その昔、どうやってその激流を、収税官をだしぬくのに使ったのかを話してくれたときのことだ。ベニー川をずっと下ったところ、私も一度道に迷ったカーン・エルリッグ[40]の麓、木が生い茂る辺りで密造酒が作られていたのだが、それを作っている男が、収税官がこちらに向かっているという話を聞きつけた。酒を隠す時間はない。実際、その話が彼の元に届いた時、彼は蒸留器より水門の近くにいたのだ。そこで彼は水門に向かった——事を企むハイランド人の流儀で「スパングする」、つまり大股で悠々と歩いていく彼の姿が目に浮かぶ。さて、くだんの収税官が来ると、怒濤のごとく流れる水が収税官と密造ウイスキーのあいだに流れ、少なくともその日は流れを渡ることができなかったという。おそらくはその翌日も。

山腹高くに今も残る痩せたマツは、昔の森が今の森よりずっと上の方まで及んでいたことを物語る。とはいえ、そこかしこに風が運んだか鳥が落とした一粒の種が育ち、森の主要部よりずっと高いところで生長したマツも多い。こういうはみ出し者のなかには、この木の驚くべき適応性を示すものもいる。彼らは魔法使いのように、必要に応じて形を変えることができるのだ。そういうマツを一本知っているが、その木は二九〇〇フィート［約八八四メートル］の山頂から数歩下ったところに根を張っている。頑丈だが山に沿って横に広がり、形はほとんどバラの木のよう。さしわたし三フィート［約九十一センチ］だが、高さはせいぜい五インチ［約十三センチ］。山肌にしがみつき、不毛な大地に張り付いている。このマツがどれだけ大きくなるのか、どの方向に伸びていくのか、大いに興味を持って見守りたい。

　枯れたモミの根。木がなくなったあともずっと地中に残されたこの根は、世界でもっとも良質の焚き付けとなる。私の知るお婆さんたちは、火を点《つ》けるのに紙を使うとこの上なく軽蔑の眼差しで見るし、火を熾すのにマッチを一本以上使うことを許さない。私はそういうお婆さんを二人知っているのだが、二人とも八十歳をゆうに越えていて、どちらも一人で暮らしている。一人は山のスペイ川の側に、もう一人はディー川の側に。彼女たちは荒地からモミの根を掘り出し、引きずって家に持ち帰り、細かく割る。彼女たちのつましい家を、暖炉の火が消えているときに訪れれば、彼女たちが深いしわの刻まれた硬く茶色い指で、この「やに根っこ」《ロシティー・リーツ》（アバディーン州の側ではそう呼ぶ）をピラミッド状に積み上げるのを見ることができるだろう。バケツに入った井戸水をカップですくってやかんを満たし、横棒《スウェイ》に吊るして燃えさかる根の細片の上で揺らす。おしゃべり《ニューズ》もこれからというところでお茶がはいる。茶色い陶製ポットの注ぎ口が欠けていたり（「うちのポットは歯が抜けててね」などと彼女は言う）、お茶が吹き出しては炉床にこぼれてシューッと灰と湯気が上がる。それを「へま」《ソス》と呼んだり、神々への献げ酒と呼んだりする。どちらで呼ぼうが、美味しいお茶の味もおしゃべりの面白さも変わらない。

　ヘザーの下を這う目立たないものたちの中で、私が特別な愛情を寄せるのがヒカゲノカズラ[41]だ。硬く撚り合わせた紐のような茎を持つ種類ではなく、もっと毛羽立った、私たちが「カエルノシッポ（toadstails）」と呼ぶ種類だ。このヒカゲノカズラの摘み方を、私は幼い頃に父から教わった。父とヘザーの茂みに横たわり、匍匐茎《ほふくけい》と側枝を一本一本指で感じ取ることを覚えた。注意深く小さな根を一つ一つ離し、そうしてついに何ヤードもあるこんもりとした房束を取り出すのだ。子どもに教えるには良い技だ。その時はわからなかったけれど、私は自分の指を通じて、生き物の生長の秘密に入っていく方法を学んでいたのだった。

　その秘密を、山は決して十分に明かしてはくれない。人間はその秘密を読み解く方法をゆっくりと学ぶ。じっと見つめ、あれこれ考え、忍耐強く事実に事実を付け足していく。コケマンテマの「並外れた」根に秘密の手がかりを見つけ、小さなコゴメグサ[42]が、自分で食べ物を探す手間を省くために他の草の内部に送り込む繊細な根に、また手がかりを見つける。マンネングサ[43]とユキノシタの肉厚で薄い灰がかった緑の葉にも手がかりはある。その葉に彼らは大地の豊かな恵みを蓄え、大地が恵み深くない時期に備えるのだ。ドワーフウィロー[44]のミニチュアぶりにも手がかりは見つかる。そのウールのような綿毛は、ワタスゲのシルクのような綿毛が泥炭地の上を飛ぶときのように、プラトーに舞う。それから、庇護を求め、山肌に這うように広がっていくミニチュアアザレア[45]。これはバラのような花の色で希少な虫を誘い、ヘザーのように花崗岩の上に繁茂する。一方、希少な山の花々の多くは花崗岩での生息には向いておらず、石灰岩層や、雲母片岩の栄養豊かな腐植質を求める。なかでも、もっとも希少なアルパインミルクヴェッチ[46]は、ケアンゴームのある一箇所にだけ見られ、そのラベンダー色に縁取られた繊細な青白さを持つ花には、馴染みの客である赤と黒の羽をしたバーネットモス[47]がよく訪れる。どうしてこの蛾がこの花を好むのかはわからないが、バーネットモスのいないミルクヴェッチはありえない。陽が差さない風の強い雨の日は、蛾を目にすることなどほとんどないのだが、ミルクヴェッチの茂みにはこのけばけばしい小さな生き物をたくさん見つけることができる。

土壌、標高、天候、そして植物や昆虫の生きた組織が相互に影響し合うこの複雑な関係（モウセンゴケやムシトリスミレ[48]が虫を捕食するときのような驚くべき瞬間を生む関係性）を学べば学ぶほど、謎は深まる。知識が謎を解消することはない。科学者たちに教えてもらったのだが、スコットランドの山岳地帯に生息する高山植物は、もとは北極圏で生まれたものだそうだ。点在するこれら小さな草花は、氷期を生き延び、この国の植物のなかで唯一、氷河時代より古いものなのだという。しかし、これでこうした植物たちのことを説明したことにはならない。時間という要素をこの難題に加えただけの話で、問題が新しい次元に入っただけだ。私は愚直なまでに科学者の友人たちを信頼している。彼らは本当に愉快な人たちで、私に不必要な嘘などつかない。それに、彼らの話は世界をとても面白いものにする。でもこの話には、私の想像力もとまどってしまう。岩石が大昔から存在しているというのは想像できる。でも、今ここに生きている花が大昔から生き続けてきたというのは——これは想像するのが難しい。これが意味するのは、天使のような花と悪魔を宿した根を持つ、この山の上のしたたか者たちが、ひと冬どころか一氷河時代を出し抜く巧妙さと厚かましさを持っていた、ということなのだ。科学者たちは、植物にどうしてそんなことができたのかわからない、と認める謙虚さを持ちあわせている。

八、いのち——鳥、獣、虫

このプラトーで初めて夏を感じた。というのも、ケアンゴームに通い始めた頃の山行はいつも六月か七月だったのだが、私が経験したのは雲、霧、唸る風、雹《ひょう》、雨、さらにはブリザードばかりだったからだ。しかしこの時初めて太陽が照り、私たちは穏やかな空気の中、突き出た崖の縁に立っていた。とその時、背後でヒュッと空気を切る音がしてビクッとした。何か黒いものが私の頭の横をかすめ、そのスピードに私は眩暈《めまい》を覚えた。私が体のバランスを取り戻すや否や、その黒いものはまた飛んできた。凪いだ空気をヒュッと切り裂き、その滑空によって私の周りの空気は渦を巻いた。今度は私の目が慣れて、それがアマツバメ[1]だとわかった。プラトーの端《はし》上空を力強い弧を描いて舞い、岩壁に沿って急降下したかと思うと、再び噴き上がる水のごとく上昇する。この山でアマツバメを見られるなんて、誰も話してくれなかった。ワシとライチョウに出会えることは知っていたのだが。この崖の際《きわ》ギリギリのところを、夢中になって嬉しそうに、自由気ままに飛び回るアマツバメを初めて見たとき、私はぞくっとするような喜びを覚えた。あの猛スピードの突撃と喜びに満ちた旋回はすべて、ほんの数匹の羽虫を捕まえるためだけの動きなのだ！　目的と行為の落差に私は声を上げて笑ってしまった。まるで長いあいだ踊り続けていたかのような解放感をもたらしてくれる笑いだった。

飛翔の動きを見つめる。それだけのことが、肉体にわがことのように感じられる高揚感を与えてくれるだけでなく、解放感すらもたらすとは奇妙なものだ。その性急なリズムは、どうしたってこちらの血の中に入り込んでくる。この飛翔の力は、視覚を通して私たちを取り込み、まるで実際に一緒に動いているかのように感じさせる。山頂でアマツバメを見るときほど、私はこの力を強く感じることはない。彼らの真っ逆さまの突撃、その一つ一つが恩寵の奇跡でもあるかのようなカーブ、空を切り裂く鋭い音、そして時折上げる、ほとんどこの世のものとは思えない甲高い鳴き声。これらが、自由で飼い慣らされることのない山の精神の本質を、目に見えるように、そして聞こえるようにしてくれるのだと思う。

アマツバメの飛翔ほど一瞬で心を浮き立たせるものではないかもしれないが、ワシの飛ぶさまはより深い満足感を与えてくれる。彼の上昇が描く大きな螺旋は、均整の取れた輪を上へ上へとゆっくり重ねていく。その動きの中に、空間の広がりというものが余すところなく現れている。彼は限界まで昇り詰めると、そこから水平飛行に入り、目で追える限りまで飛んでゆく。真っ直ぐに、清々と、呼吸するように力みなく。翼はほとんど動かない。なだらかな坂道を、ペダルを漕がずに下るサイクリストが、ほんのひと漕ぎふた漕ぎするかのように、時折、気怠《けだる》げな羽ばたきをしてみせる。鳥はただ浮かんでいるように見える。ただし、真っ直ぐな、ぶれることのない力で。彼が逆風に向かって浮いているのだと気づくときに初めて、その力の大きさが明らかになる。見渡す限り白銀の世界が広がる一月のある日、私は高度二五〇〇フィート〔約七六二メートル〕くらいのところに立ち、自分よりだいぶ下、獲物を求め、谷を上流に向かって飛ぶワシを見た。彼はまともに向かい風を受けていた。翼はわずかに傾いているが、上から見る限りしっかりと保たれている。彼は目的を持って一心不乱に飛んでいたが、それは恐るべき力に裏打ちされたものであったに違いない。

　この、静止した翼に乗った力強く揺るぎない飛翔に、防空監視隊[2]（これは、私の友人であるジェイムズ・マグレガーから聞いた話だ。監視哨は標高の高い彼の農地にあったが、この農地はスコットランド一高いところにあると私は思っている）の隊員の一人が興奮して叫んだという――「識別不能の航空機あり！　あれはなんだと思う？」。マグレガーはそれを見て顔色ひとつ変えずに答えた――「イヌワシと呼ばれているやつだよ」「そんなやつがいるなんて知らなかったぞ」とその隊員。彼は自分が見ているのが飛行機でなく鳥だということをどうしても信じることができなかった。

そしてちょうど今朝、ワシの棲む地から五十マイル〔約八十キロ〕離れたロウアー・ディーサイドの私の家の庭で、私は白い雲を背にはるか高く飛ぶ三機の飛行機を見た。互いに輪を描きながら旋回している。驚いた私の口をついて出た第一声は「ワシ！」だった。

シートン・ゴードン氏[3]の主張によれば、イヌワシは巣から飛び立つとき、特に風がないときは動きがぎこちないそうだ。私自身は、イヌワシが巣から飛び立つのを見る幸運——と言いかけたが「幸運」ではなく「たゆまぬ努力と辛抱強さ」と言うべきだろう——を持ちえたことがない。けれど、巣の近くから飛び出してきて少し離れたヘザーの茂みに降り立つのは見たことがある。また飛び立ってはまた降りるのだが、その動きに特に変わった様子はない。とにかく目を奪うのは、その飛翔の力強さだ。おそらく最初は気づかないのだが、その力強さとは、風の力を捉えてそれを自分の目的につなげる能力であり、それゆえに、風の力が強ければ強いほどワシの飛翔も力強くなるのだとわかる。その時、コケマンテマ同様、ワシが山にとっていかに不可欠な存在であるかが理解できるのだ。荒涼とした辺境を風が切り裂くこの地においてのみ、ワシはその力を最大限に証明できる。

イヌワシを近くで見るには、知識と根気がいる。もっとも、思わぬ幸運に恵まれることもあるのだが。たとえば、私がちょうど山頂のケルンにたどり着いた時、ワシがケルンの向こう側から飛び立ち、大きな円を描きながら私の頭上高く舞い上がったことがあった。あの時ほど鳥の王者に接近したことはない。またある時は、ラリグの崖のブレーリアッハ側の縁《へり》で、眼下に一羽のワシが舞い上がり、陽光に包まれて金色に輝くのを見た。それから、山の斜面で足元にある何かに夢中になっている姿を間近で見たこともある。しかし、彼に近づくには時間がかかる。ある春の日の午後、ラリグの谷間の道がスペイ川側で終わる辺り、森はずれの木々のあいだを私はカンムリガラ[4]の動きを観察しながらぶらぶらぶら歩いていた。すると、すぐそばで声がした。「ベン・マクドゥーイに行く道はこれですか？」。見下ろすと、一見、十一歳の浮浪児かと思うような男の子だった。「一人で行くの？」と聞くと、「あいつと一緒です」と彼。振り向くと私の後ろにもう一人の青年がいた。ひょろ長くて、色白でニキビだらけ。色々と道具をぶら下げている。たぶん二人は——こっちの発育不足のほうでさえ——十九歳なのだろう。はるばるマンチェスターからやって来た鉄道労働者で、一週間の休みをイヌワシの写真を撮るために過ごすのだという。だから、どこで見つけられるか教えてくださいと聞くので、私はイヌワシに出会った話をいくつかしてあげた。「それ、写真に撮ることはできましたか？」と彼らは聞く。彼らは本をよく読んでいるとわかった。このひ弱そうな子たちは、彼らの関心対象に関するものは可能な限りすべて読んでいた。スコットランドにはそれまで一度も来たことがないが、湖水地方は歩いた経験があるという。「距離感が違うわよ」と私は言ってあげた。「ベン・マクドゥーイを試すのは明日まで待って。登るなら一日かけたほうがいい」。私はギャロウェイの羊飼いのおじいさんのことを思い出した。メリック[5]に登るにはどの尾根を取ればいいかと尋ねると、彼は答えてはくれたものの、それから私を見て、「まだ登ったことがないんじゃな？　何を相手にしようとしとるかわかっとるのか？」と聞く。「初めてですが、ケアンゴームはあちこち全部登ってます」と答えると、「ケアンゴームかい」、話にならないといった彼の身振り。勝手にどうぞ、と跳ね橋を下ろされたような気分だった。だから私は男の子たちに言った。「今日ベン・マクドゥーイに登るのはやめておいて――あと四、五時間で暗くなってしまうから。今いるこの道を行くと、プールズ・オブ・ディーが見えてくるから、その向こうの角に出れば、ガーヴ・コーラの大圏谷が見えるかも」。「そこに岩棚はありますか？」と彼らは聞き、自分たちはイヌワシの写真を撮りにきたのだと繰り返すのだった。その後、彼らの姿を見ることはなかった。その日のうちにベン・マクドゥーイに登ることを思いとどまらせることができたと願う。イヌワシの写真は諦めろ、とは口に出そうとも思わなかった。きっと、ワシ自身がうまいことその役を担ってくれただろう。でも、私はその男の子たちが気に入った。彼らがワシを見られたことを願う。彼らの、よく調べた情報に基づく熱意――たとえその情報がまだ半分だけだとしても――それは正しい入り口だ。

想像力は、山に生きる動物たち――ワシ、ハヤブサ、[6]アカシカ、ユキウサギ――の速さに取り憑かれる。彼らの速さの理由は、極めて実用的なものだ。この高所では食料が乏しく、広範に及ぶ大地を素速く移動できるものだけが生き残る望みを持つ。彼らのスピード、彼らの描く渦、そのほとばしるような動きは、端的に言って山それ自体に必然的なものだ。しかし、彼ら動物たちの優美さは必然ではない。ただ、もしそれが必然的なものだとすれば——つまりもし、彼らの蹄や翼の急降下や放物線や矢のような飛翔が、機能的な必要性とかたく結びつくことによって、その美を達成しているならば——山の一体性もそれだけいっそう証明されることになる。美は付随的なものではなく、本質的なものとなるのだから。

力強い飛翔は、崖ではなく、まさにプラトーに出没するもう一種の鳥、小さくて気取りのないコバシチドリの特徴でもある。夏の日にプラトーの斜面をぶらつけば、そのムナグロに似た鳴き声を耳が捉える。立ち止まって見つめる——が、鳥はいない。そこで、音のした方へそっと進んでいくと、すぐに一羽の鳥が飛び立つ。それからもう一羽。短く低く飛び上がり、また地面に戻って今度は走る。小さな灰色のネズミみたいに地面に身をかがめて。形、動き、色、すべてがネズミのようで、鮮やかな黒と白の頭や赤く輝く胸、白い尾羽がなかったら、本当にネズミだと勘違いをしてしまいそうだ。待っていれば、鳥たちはすぐにこちらのことを忘れる。どこかに通じるような山道からは外れた斜面に、この小さい鳥たちの巣作りの場所か、またはおそらく南へ渡るために集まる場所がある。私はそこに集う多くのコバシチドリを見てきたが、ちょこちょこ走っては立ち止まり、また走り出す彼らの単純な動きは、人に飼われている動物と言ってもいいくらいだった。しかし秋になると、この控えめな鳥がはるかアフリカまで真っ直ぐに飛んでいくのだ。

高いプラトーに巣作りをするもう一種の鳥、ライチョウは出不精で、アフリカなどには飛んでいかない。最も過酷な冬のあいだも、生まれた場所に留まる。おそらく普段より斜面を少し下ったところで、雪の色に変化した冬用の毛を纏って。

雪のような毛を纏って雪に紛れる生き物たち――ライチョウやユキホオジロ[7]、ユキウサギ――は、時折、彼ら自身が騙されてしまう。彼らが白くなっても、山がまだ白くならないからだ。大晦日になってもまだ青いヒメハギ[8]の花が咲いている頃に、暗い灰色の石垣を背に白いオコジョ[9]が輝くのを見ても驚きはしない。白いユキウサギが、巨礫の脇で辛抱強く直立して「身を隠している」ことほど、この自然界で滑稽なことはない。辺り一面、灰褐色の世界を背に、ユキウサギがくっきりと目立っているのだから。雪の上を走る白いユキウサギがコミカルに見えることもある。もしユキウサギが太陽とこちらのあいだを走っていたら、影となった体に、とんでもなく長い脚をした影の骸骨がくっついておかしなことになる。この二つの影がユキウサギの形を変えてしまうのだ。しかし、太陽がこれを見る人の背後にあって、陽の光が走っているユキウサギをまともに照らすと、見えるのは両耳と、背景に対して浮き立つ黒くて細い輪郭だけになる。野に雪が積もっていれば、走っているユキウサギに気づくことはないだろう。彼らが雪の残る場所の端から走り出て、白い光を放つまでは。私が窪地に突然足を踏み入れたときなどは、二十匹の白いユキウサギが一斉に茶色い山の斜面を駆け上がり、白煙が立ち昇ったかのようだった。

一方、鹿は雪の中で人目をひく。完全に白一色となった世界の中、山の高い肩から一〇〇〇フィート［約三〇五メートル］下で草を食《は》む群れが、白地に鮮やかな黒い点々となって見える。ところが、彼らはハヤブサやワシから身を隠す必要がない。実際、冬や早春の彼らの毛皮は灰色がかっていて、それは溶け始めの雪、色褪せたヘザーやジュニパー、そして岩と同じ色をしているからだ。

ライチョウは出不精かもしれないが、実は翼の力が強い。びっくりして飛び立つときなど、その羽ばたきはあまりにも速く、白い翼はもはや個体としての外見を失い、体に纏った光のオーラのようになる。

すべての猟鳥と同じように、ライチョウも、侵入者が自分の子どもたちに近づいてくると、翼が折れたふりをして敵を子どもたちから遠く離れた方へと誘う。私は何度も騙されたことがあるので、親鳥のことはほとんど気にも留めず、いつも子どもたちの行動を熱心に観察している。ある時、ブレーリアッハの山頂付近で、一羽の親鳥が、それからもう一羽の親鳥が飛び立ったので、私はぴたりと立ち止まり、子どもたちを探した。一羽は三フィート［約九十一センチ］離れたところにいて、もう少し近くに一羽、それからもう一羽。視線をだんだん自分の方に近づけていくと、ライチョウの雛が一羽、私のブーツから二インチ［約五センチ］も離れていないところにいる。全部で七羽が半径一、二フィート［約三十─六十一センチ］以内にうずくまっていた。確かに生きてはいるものの、彼らは木彫の鳥みたいにじっと動かない。私は長いこと立っていたが、こちらが動かない限り彼らも動かない。しかし、この一口サイズの子たちの一羽に触れて撫でてみたい、といういよいよ募る欲求に（いつも抗おうとはするのだが）ついに屈してしまった。そこで私のブーツに一番近い子に身を屈める。するとすぐに、七羽が七羽、甲高い鳴き声を上げながら逃げ出した。やかましい、威厳もへったくれもない大混乱で、さきほどの彫刻的不動と奇妙な対比をなしていた。

　山頂にだいぶ近いところ、岩だらけの斜面にユキホオジロは巣を作る。歌の中の姿も実際の姿も、この小さな生き物は繊細な完璧さを持ちあわせているが、それは、彼らの住処《すみか》の荒涼たる様《さま》によって高められている。山のもっとも寂しくもっとも陰鬱な岩の裂け目——ぞっとする岩の砦が想像力など圧倒してしまうような場所——に、静かに腰を下ろしてみるといい。すると、すぐかたわらでユキホオジロが一羽、信じがたいほどの美しい声でさえずる。澄み切った夏の朝七時近く、太陽が圏谷の朝靄《あさもや》をちょうど晴らした頃、山の上の岩がちな場所のひとつに座り、風に吹かれて空で渦を巻く石片のような小さな影が、これらの岩を活気づかせるのを見る。こうした体験は、美食家の悦楽を味わうようなものだ。注意して見ていると、十数羽のうち二羽ほどがオスで、ほかは彼らの子どもたちだとわかる。メスたちはすでに二度目の雛を孵す仕事にとりかかっている。

　山のいたるところで目にするのは、黒と灰色をしたズキンガラス[10]。山の掃除屋だ。ハシグロヒタキ[11]は大きな岩の上で体を上下させながらくすくす笑い合う。かと思えば、別の石へと飛び移りざまに、小生意気なお尻をひらりと見せる。もっとも高い圏谷の数々を流れる渓流では、白い胸当てをつけたムナジロカワガラスが水に飛び込む。人里離れた渓流のほとりで耳にする寂しげな歌は、ムナグロだ。それにしても、なぜ私はこうして彼らの名前を挙げ列ねるのだろう？　何かの目的にかなうわけでもないし、鳥のことなら何でも本に載っているのに。しかし、私にとって、彼らは本の中の生き物ではない――今を生きるもの同士の出会いの中に、すなわち、彼らの生の瞬間と私の生の瞬間とが交わるところに存在する。遠くに響くダイシャクシギ[12]の鳴き声の中に、また、森外れの木々から聞こえる、か細くも美しく澄んだ歌声――その声は、カンムリガラがそこにいることを教えてくれる――の中に存在する。彼らは、ある四月の朝に存在する。私が渓流をその源までさかのぼり、山あいを奥へ奥へと分け入っていくと、長い尾をしたカンムリガラのつがいがパッと現れては消え、と思うとまた現れる。あるいは凍てつく厳しい十二月の午後に、彼らは存在する。不均衡だが繊細で美しいこの小さな羽毛の塊たちが十羽ほど、凍った渓流の脇に立つ一本の木からこぼれ落ちる。または、一本の小さな木が十三羽ものカンムリガラを宿らせている、そんな七月のある日に存在する。ある三月の日（私がアカライチョウの魅力を発見した唯一の時だった）には、雪の山腹を背景に、このアカライチョウのつがいが追いつ追われつ、美しい線を描きながら飛んでいった。または、交尾期のエクスタシーに酔うチョウゲンボウ[13]。ある朝、ジュニパーに囲まれた空き地でふいに見つかる、喧嘩中のクロライチョウ[14]。テントの外で横になりながら、まだ目の冴えている私のすぐ向こう、木々の上低く夜な夜な互いのあとを追いかけ合う二羽のヤマシギ[15]。こうした出会いの

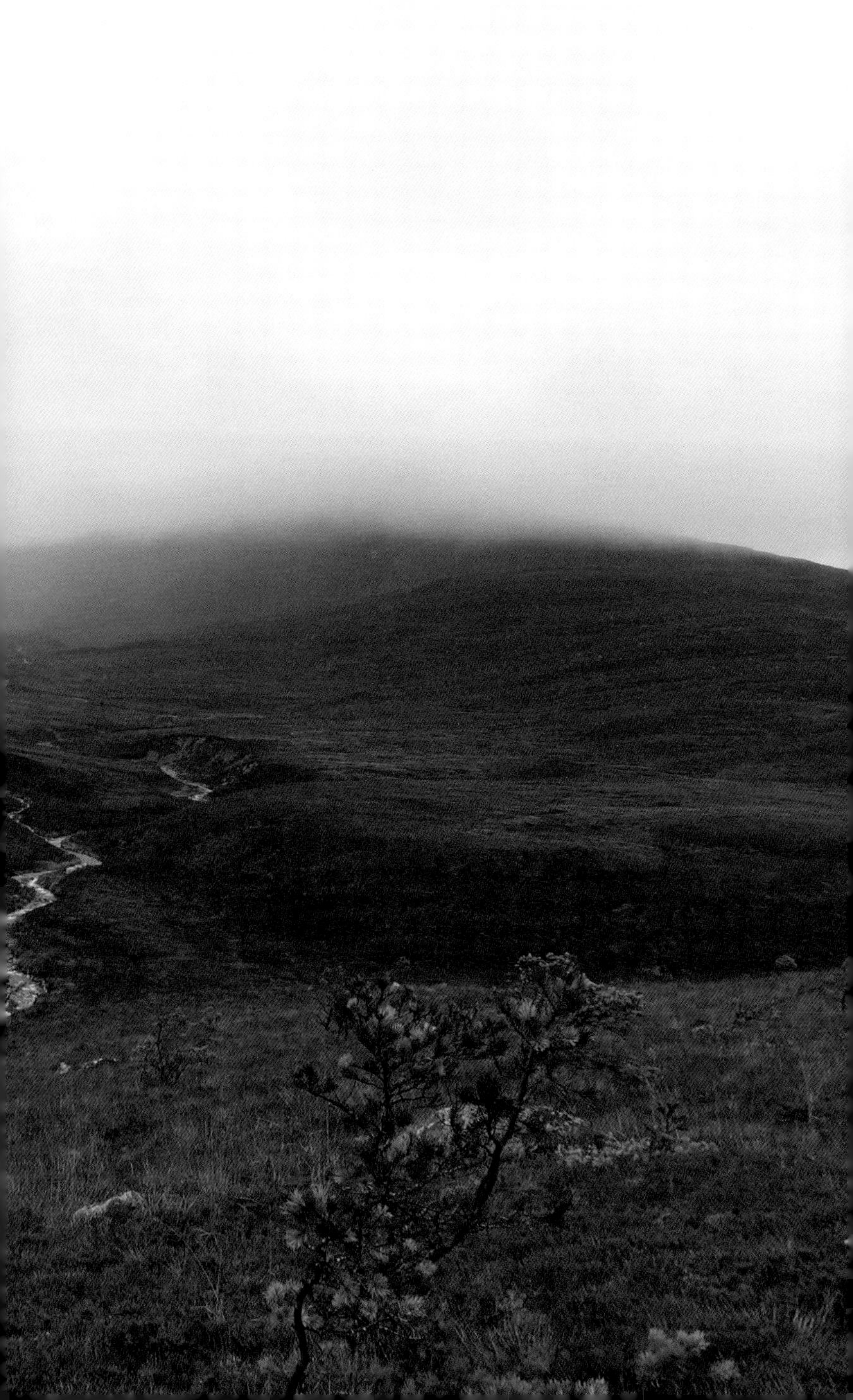

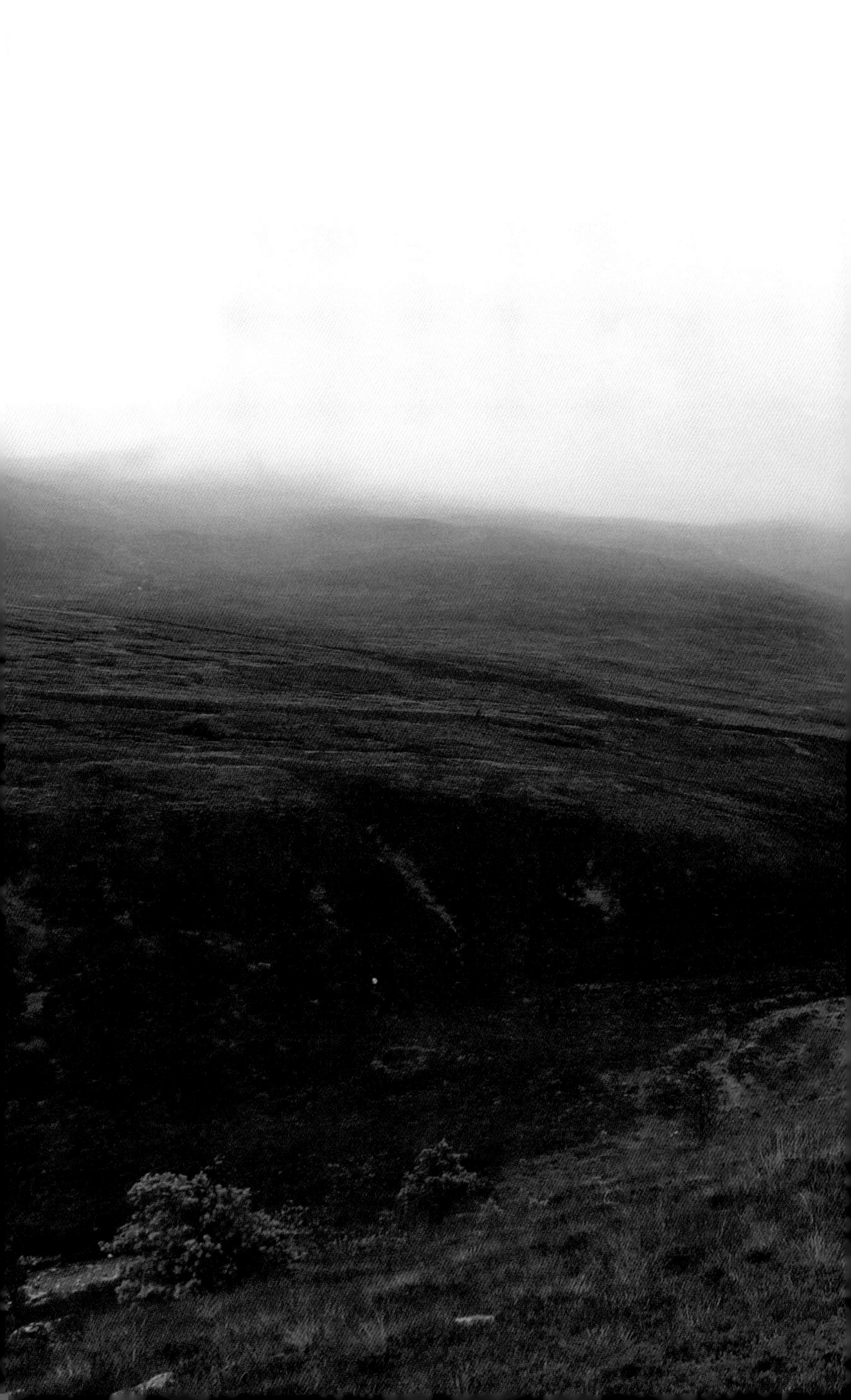

中に彼らは存在するのだ。

ここに書き切れなかったものが本当にたくさんある。たくさんの可憐な花々のことを書けなかったように——白翡翠のように時を超えるドリアス、[16]ろうそくの炎のようなボグアスフォデル、コーネル[17]の黒紫色の花芯など——。黄色いセキレイや斑《まだら》のセキレイ[18]のことを書き落とした。白い垂れ襟をつけた聖職者のように厳格なオオジュリン[19]のことも。それに海からやって来るカモメ[20]やミヤコドリ、[21]イスカ、[22]フィンチ、[23]ミソサザイ[24]も。だが、ミソサザイのことを書き落とすわけにはいかない。本当に小さいのに生気に溢れ、驚くほど大きな声を出す。実際のところはわからないが、私の経験ではスペイ川側よりディー川側のほうがミソサザイが多いようだ。グレン・コイッヒやグレン・スルーガンなど標高の高い支流谷には、森はずれの木々のあいだに、コゴメグサと同じくらいよく見かける。グレン・コイッヒには倒木の残骸があり、すべての枝を長く伸びた脚のように地面に突き立て、幹はその上で背骨さながらに隆起している。この脚長の物体は、風の勝利を示す見事な例だ。その肋骨のあいだを軽快に飛び回る若いミソサザイの九人きょうだいを見た。またある時は、グレン・スルーガンで、黄金色をした二匹のマルハナバチ（と思われるもの）が喜びに溢れたスピードで螺旋を描きなら飛び去ったこともあった。でも、蜂のはずがない——大きすぎるのだ。二匹のあとをこっそりつけてみると、はたして彼らは若いミソサザイだった。

渓流の少し下流の方で、目を見張るばかりの巨大な鳥が飛び立つのを見たのは、この脚長の倒木の近くだった。それは大きく円を描いて消えた。二つの巨大な翼、その翼幅は目を疑うほどだった。しかし、私は確かに見たのだ。すると、それは戻ってきた。今度は上流に向かって飛び、翼を広げた姿はやはりとてつもなく大きい。体は見えず、二つの巨大な翼をつないでいるものは何もない。まるで、何らかの鳥が、体を消して飛翔そのものになる術《すべ》をついに発見したかのように。やがて、正体が見えた。二つの巨大な翼は、カモの雌と雄だった。完璧なフォーメーションを組み、お互いにぴったりとくっついて飛んでいたのだ。一定の間隔を保ちながら、輪を描き降下してはまた舞い上がり、一方のどんな動きの変化にも他方がぴたりとついていく。二つで一つの生き物。

雁は、ここでは通り過ぎていくだけの旅人。風の吹き荒ぶある十月の日、矢じり型になって飛ぶ彼らを見た。二十七羽が完璧に左右対称の隊列を組み、私が立っている谷を南に向かって飛んでいた。私は深い谷の谷頭《こくとう》近くにいて、分水嶺が頭上高くにそびえていた。上空は猛烈な風に違いない。雁たちは今、そこにさしかかった。隊列が乱れる。くさびの片側から、鳥たちがもう片側に移る。リーダーがたじろぐ。別の鳥が先導しようとする。彼らの美しい左右対称の均整が崩れた。まるで風が彼らを打ち返しているかのようだ。というのも、今や頭をへこまされた隊列全体は、一羽、また一羽と続き、ゆっくりと向きを変えていく。ついには、少しずつ谷の頭を回り込んで、来た道を戻り始めた。じっと見ていると、水中を泳ぐ一匹の魚の動きのように大きくうねる列となって、燃えかす色の雲の中に飛び込んでいく。黒い線は雲の暗闇に溶けていった。彼らがいつどこで隊列を組み直し、再び南に向かったのかはわからない。

　何か尋常ならざるものを見たのだが、その結末がわからない。そういうものには、興味をかきたてられる。ある一月の午後、凍てついた静かな世界で、私は二頭の雄鹿を見た。角を絡み合わせたまま互いに引っ張り合い、踏めばザクザクと音のする霜のおりた窪地の地面を行きつ戻りつしている。彼らの黒い影が雪を背景に浮き立つ。じっと見続けているうちに日が暮れ、彼らの形はほとんど見えなくなったが、とっくみ合う音はまだ聞こえた。角が絡み合うという現象を見たのはこの一度きりだ。そんなふうに角が絡み合ってしまうと解《ほど》けなくなり、鹿はどちらかが、または両方が死ぬまで闘う。そうした話をよく聞かされてきたので、彼らがどうなったのか見てみたくて仕方がなかった。翌日その場所に戻ってみたが、そこに鹿はいなかった。死んだ鹿も、生きた鹿も。農夫で狩猟の案内人もしている、私が泊まっていた家の主人は、たぶん彼らは角を折って助かったのだろうと言っていた。

　雄鹿の鳴き声も、私に課せられたもう一つの疑問で、これも確かな答えを得られていない。力が漲《みなぎ》っていくような十月の半ば、見るものすべてがウイスキーの黄金色に輝く日に、私はロッホ・ブールグ[25]を見下ろすベン・アーンの斜面をあてどなく歩いていた。突然、山に響き渡る音楽的な呼び声に私は驚いた。すると同じような呼び声が別の方向からこれに応える。ヨーデル、と私は思った。その音色がずいぶん陽気だったので、私はしきりに辺りを見回した。学生たちか。元気があり余って叫び合っているのかと思ったが、誰一人として見えない。しかしヨーデルは続く。結局、このヨーデルは一日中続いた。澄んだ、鐘のような、音楽的な響き。しばらくして、山にはほかに人がおらず、ヨーデルの正体は雄鹿だとわかった。この澄んだ鐘の音のような声は、初めて聞くものだった。雄鹿の、低く野太い鳴き声なら何度も聞いたことがあった。低く大きな鳴き声（bellowing)。辞書で調べると、「bell」は「bellow」の単なる異形つづりだと信じてしまいそうになる。でも私にとってはいつでも、「bell」はあの黄金色に輝く日に聞いた音楽を意味する。あの音を聴いているあいだずっと、耳ざわりな音色は一度も発せられなかった。

でもなぜ？　それが私のわからないことだ。なぜある時は野太くて、ある時は鐘の音なのか。山に住む人たちに聞いてみたが、答えはバラバラだった。鐘の音は若い鹿で野太いのは歳をとった鹿、というのが一説。しかしそれに対して、猟場番の人はこんな話をしてくれた。ある時、唸るような声で鳴く鹿がいて、狩猟隊は一人残らずその鹿を年寄りだと断言したのだが、彼らが仕留めてみると比較的若い鹿だったという。ほかにも、必要に応じて声の調子を変えるという説。ただこの説では、ある時に私が聞いた、二頭の雄鹿が歌い交わしていたことの説明にはならない。その時は、谷の向こうの鐘のような鳴き声に一貫して野太い声で返していたのだから。また、鹿は人間に似ていて、テノールの声を出す鹿もいればバスの声を出す鹿もいるという説。ならば山にカンタータが響き渡ったあの朝に聞いたのは、みんなテノールの声をした鹿だったのだろうか？　みんなが若い鹿だった？　みんながテノール？　それとも、みんなが朝に恋をしていた？

通常、鹿は静かにしている生き物だ。だが、警戒すると怒った犬みたいに吠える。私は遠くの山腹にその警戒の吠え声を聞いたことがあるが、それで初めて鹿の群れがいることに気づいた。彼らは走り出した。流れるように山を駆け上がり、地平線を越えていく。空を背景にした彼らのシルエットの流れは、尽きることがなかった――雌鹿に子鹿、雌鹿に子鹿、と続く静かな帯状装飾《フリーズ》。あるいは、結集した枝角が上下する森。または餌をついばむ雌鶏《めんどり》のように草を食《は》む、地面に伸びた長い首たち。この動く首たちは、時に少しばかり不気味に見える。私は五本の首が蛇のようにゆらりと持ち上がったのを見たことがある。それぞれに蛇のような小さな頭がついているのは見えるのだが、体は見えない。五頭の雌のアカシカだった。一頭の雌のアカシカが振り向いて私を見たこともある。彼女はぐるりと首をひねり、彼女のお尻のすぐ横にこちらを見る生首が浮いているように見え、私の中に何か原始的な恐怖をかきたてた。鳥、哺乳動物、爬虫類――そのすべての要素が鹿には入っている。その疾走は鳥の飛翔を思わせ、流れる水のよう。特にノロジカの、まだら模様の残る非常に若い鹿は、花の茎のような脚で、信じられないほど軽やかにヘザーの上を移動する。彼らの体は滑るように宙を流れていく。だがその動きは、ある意味、鳥の飛翔より素晴らしい。というのも、彼らの輝く蹄《ひづめ》一つ一つが地面に触れるからだ。美しい四肢が描く模様は大地にしっかりと留められ、ひとつながりになっているのだ。

この空気と光となった鹿たちを、大地が再び自分の側へ引き寄せようとしているのだと感じるときがある。ノロジカたちは森に溶け込むのだ。私はそこに雌鹿がいることを知っていたので、長いことカバの森をじっと見つめていたのだが、彼女がついにその耳をピクリと動かしてようやく、その姿を認めることができたのだった。また、十二月の開《ひら》けたヘザーの茂みでのできごと。ふと気づくと、草を食む雌のアカシカのそばにいた。鹿は背景にすっかり溶け込んでいたので、短い白い尾をただの雪溜まりだと思っていたのだ。彼女は私に気づき、耳が持ち上がる。すっと頭を上げ、首が伸びた。私はじっと動かずにいた。彼女の頭は下がり、再び大地と一体になった。山腹のもっと上の方では、子鹿が母親から山で生きるための術《すべ》を学んでいるのを見ることができる。母親とまったく同じようにぴたりと動きを止め、同じように警戒した頭をこちらに向ける。

だが、人目につかない窪地に一頭でいる子鹿に遭遇したときは話が違う。彼は母親のように忍耐強くじっとしていることができない。こちらが動く前に大人の雌鹿を動かすのは簡単ではないが、この子鹿は、まずびっくりして窪地の向こう側へと跳んでいき、そこで止まってこちらをじっと見る。こちらが完全に静止していると、彼はだんだんそわそわと落ち着かなくなる。頭を横に向けたりまたこちらに向けたり、耳をピクピク、鼻の穴をヒクヒク。そしてようやく、向きを変えて歩き去ってゆく。本当は立ち去りたくない好奇心いっぱいの子どもみたいに、三歩進んでは止まってこちらを振り返る。

知り合いの若い医者は、かつてアカシカの出産を見たというが、私はそういう途方もない幸運にいまだ出会ったことがない。ただ、ヘザーの茂みにある石の脇に、非常に幼い子鹿が母親に置いていかれたのを見たことはある。山道を外れて小さな池を訪れたときのことだ。なぜだかわからないが、池の裏手へ歩いていくよう、何かが私を駆り立てた。岩と渓流のあいだをよじ登り、それから、あまり人の通らないヘザーが生い茂る斜面を降りていく。すると、目の端に雌鹿が二頭か三頭慌てて立ち去る姿が映った。次の瞬間、石の近くのヘザーの茂みに小さな子鹿がうずくまっているのに出くわした。四肢は不自然な形に捻じ曲がったまま、鹿は奇妙に硬直して横たわっている。死んでいるのだろうか？　私はその上に屈み込み――そっと触ってみた。温かい。捻じ曲がった四肢は、流れる水のような滑らかさを私の両手に伝えた。この小さな生き物には、生きている徴《しるし》が見られない。首は伸びて不恰好に固まり、頭はほとんどヘザーに埋もれている。目は動かずにどこかを凝視している。ただ脇腹だけが脈打っていた。上下する腹以外どこも動かない。自分の意思による動きはまったくなく、わずかな痙攣もちょっとした体の動きも見られない。子鹿が、若い鳥がやるように死んだふりをするのを初めて見た。

一匹で行動している若いリスに出くわすと、一頭で歩いているところを驚かせてしまった子鹿と同じような行動をする。どちらも人間に対して少し大胆だ。モミの木々の下の地面にいる、発育のよいネズミぐらいの大きさの子リスに出会ったのだが、松かさから松かさへと跳ね回り、順番にこれを拾い上げては丹念に調べ、試食し、放り捨てている。彼の動きにはある種の我儘な気短さがあって、以前見たことのある、おもちゃをたくさんもらいすぎた小さな子供に似ていた。リスは私に気づいた。動きを止め、私を見る。それから松かさを見る。貪欲さと警戒心とが彼の中でせめぎ合っていた。私はじっと息をひそめて待った。彼の警戒が緩み、美味しいものに囲まれてゲームを再開する。彼が動きを止めて松かさを噛《かじ》り出したので、私は前に進んだ。ついに、かなりそばまで近づいたところで、さすがのリスも不意打ちを食らったように驚いて、古いマツの巨木に向かって駆けていく。木の皮がうろこ状に剝がれ、それが分厚くて硬いために、彼の小さな手足ではそれを摑みきれない。こうして登れないことがわかると、今度は彼の赤みを帯びた金色の親たちがやるように、まだ毛がフサフサに生えそろっていない薄くて長いリボンのような尻尾をバタバタさせ始めた。虚しいあがきに見えたが、何とかせり上がった巨大な木の皮を引っ掻き引っ掻き、ついに上までよじ登った。それから横に伸びる枝へと駆けていき、大得意で私を見下ろして馬鹿にした声を上げるのだった。

　ほかの若々しいものたち――絹のような毛に包まれたユキウサギの子――遠くの丘のくぼみで陽を浴びて遊ぶキツネの子――太くて赤い尾を持つ親ギツネ――丘の下の森では赤茶色のリスが尻尾を木の幹に叩きつけ、口を閉じたままチャタタタと（おそらく）侵入者に対して音を立てる――金褐色のトカゲ、ヘザーについた金褐色の繭の綿毛――小さな金色のミツバチ、小さな青い蝶――緑のトンボにエメラルドの甲虫——油紙みたいな蛾や、焼けた紙みたいな蛾——もっとも高度の高いところにある湖の水面を滑るミズスマシ——滅多に見ることはできないが、雪面に無数の足跡だけを残していく小さなネズミ——カバの小枝やマツの葉（北の言葉では「プリーン」という）でできた蟻塚は、太陽が照ると蟻たちの活動でチカチカと光る——十万単位の虻《ミッジ》[26]や蚊や蝿、クサリヘビや珍しくて不思議なアシナシトカゲ[27]——おはじき飛ばし（tiddly-winks）みたいに跳ねる小さなカエル——豊かな茶色の毛を持つ一摑みほどの毛虫たち、太った緑の芋虫はアメジストの点々をつけ、ヘザーにくっついていれば完璧なカモフラージュになる——命はこんなにもたくさんの姿をしている。

今やここは羊の国ではない。羊は排除され、鹿に場所を譲った。今日《こんにち》、あるひとつの地区では鹿がハイランド牛[28]に場所を譲っている。この大人しくつつましい獣に必要なのは質素な食べ物だけで、もじゃもじゃのドアマットのような冬毛が厳しい風から身を守っている。見かけは獰猛だが、とても穏やかだ——この点、ブラックフェイス種の雌羊にも似ている。どこの山の群れにもいる、あの罪の印みたいな醜い魔女。気味の悪い反逆の老婆。黒い顔の上に生えた潰瘍だらけの角は、きっとスコットランド人が考える悪魔のイメージの原型に違いない。

九、いのち――人間

プラトーの上では、長いこと何ひとつ動きがなかった。私は一日中歩いたが、誰にも会わなかった。生きているものが立てる音も聞かなかった。一度だけ、寂しげな圏谷で落石の立てた音が、雄鹿たちの列が通り過ぎたことを物語った。しかし、ここプラトーの上では、何の動きもなければ、声もしない。人間は一千年の彼方に消え去ってしまったかのようだ。

けれど、辺りを見回してみれば、人間の存在を示す多くの痕跡に気づく。人の存在はケルンに宿っている。山頂や山道を示し、人が死んだ場所や、川が生まれる場所を示すケルンに。また、道そのものにも宿っている。岩や巨礫の上にさえ、人が絶えることなく通り続けた跡が見られる。同じくラリグ・グルーの最高部にも。風化し、地衣類の生える茶色がかった灰色の石の上にできた道が、新たに割れた岩のように赤く輝く。渓流に置かれた飛び石に、そして谷のもっと低いところでは、橋にも人間の存在がある。ベン・マクドゥーイ山頂の石板標識[1]にも。これは根気強い技術によって製図され、山々を集めて人間の掌中に収めたものだ。その数フィート下、一八六〇年代に陸地測量局[2]を立ち上げた男たちがワンシーズンを通して暮らした小屋の跡にも、人間の存在がある。測量が進むにつれて、一つの山頂に明かりが灯り、また別の山頂に明かりが灯るのを下の谷からよく見たものだと、ある老人が語ってくれた。人の存在はまた、私が携える地図やコンパスにも宿っている。それから地図に記された名前にも。古いゲール語の名前は、断崖や圏谷との人間の付き合いがどれだけ古いのかを物語る。例えば「痩せた男の息子の湖」、「靴職人の圏谷」、「乳搾り女の牧場」、「密猟者の崖」といった意味の名前[3]。グレン・イーニッヒを見下ろすクレッグ・ドゥ[4]にあるアーガイルの石[5]や、ケナポル[6]の岩場の合間にある深くて狭い裂け目、キャッツ・デン（猫の隠れ場）[7]といったお尋ね者たちの隠れ場に、人の存在がある。ネシー[8]から、先史時代の溢流《いつりゅう》氷河でできた谷を通って南に走るシーヴズ・ロード（盗っ人通り）[9]にも。それからこの道の途中にある、あのよく知られた木に（今は切り倒されてしまった）。抜かりない地主は、この木に、立ち退き料として彼の家畜を二匹ほど縛り付けたのだ[10]。また、湖の流出口の水門に、渓流の脇にある石灰窯の残骸に、今は屋根のなくなった羊飼いの小屋に、煙突の切妻しかもう残っていない山小屋に、人間の存在が宿っている。それにロッホ・アーンの上手《かみて》にあるシェルター・ストーンにも。この岩はその昔、三十人の集団が入れる横穴だったが、天井となる巨大な岩を支える基礎岩がずれて、下の空間が今の大きさまで狭まった。それでもまだ半ダースほどの人間が眠れるくらい広い。この半ダースの人たちの名前は、ほかの何百人もの名前とともに、防水布にくるまれてこの横穴シェルターに置かれたノートブックに記録されている。

しかしここ最近は、人間の存在そのものが気がかりなほどあからさまになっている。たとえば、山の上に散乱した飛行機の残骸。第二次世界大戦のあいだには、もう数も覚えていられないほど多くの飛行機（ほとんどは訓練機）がここに墜落した。増水した川を渡ろうとして溺れたり、登ろうとした崖から放り出されたりしたかつての不用心な人たちのように、この新しい旅人たちは山の力を過小評価したのだ。プラトーの長くて平坦な山頂部は、そこが低い場所のような錯覚を起こさせるし、霧はあまりにもたちまちのうちに視界を遮る。下界はくっきりと晴れているのに、山頂部は雲や打ちつける雨、吹きつける雪に包まれてしまうということがあまりに多い。そうして自分勝手なふるまいをした人間たちが、無慈悲な岩にぶつかることになるのだ。ある日私は、ラーチャーズ・クラッグ[11]の上に立っていた。飛行機のエンジン音が聞こえたので当然上を見上げたのだが、すぐに音は下からきているとわかった。一機の飛行機が、プラトーを二つに分ける巨大な裂け目、ラリグ・グルーをじりじりと堅実に進んでいたのだ。飛行機より高いところに立つ私からは、両翼の先端が両側の岩に届くかに見えた。もちろんこれは目の錯覚で、左右に十分なスペースがあるとわかっていた。橋のアーチの下や長江の峡谷の間を、猛スピードで飛行機を飛ばす青年たちが味わう溢れんばかりの歓喜を、眼下の青年たちも味わっているにちがいなかった。けれど、もし霧が突然流れ降りてきたら、崖に挟まれた通り道はとてつもなく危険な場所となっただろう。飛行機でラリグを通り抜けるほんの短い時間でも、たちまち予期せぬ変化が起こるこの地では、霧が降りてくる可能性が十分にある。私もこれを経験した。青い空から雲が山の上に走り出たかと思うと、世界を覆い尽くしてしまったのだ。二度目にベン・マクドゥーイを登ったときに、これが起こるのを目撃した。

ある六月の完璧な朝、私は二人の紳士と一緒に車でデリー・ロッジ[12]まで行った。彼らは到着次第すぐに、ブレマーに戻ることにしていた。そこへ車が一台、四人の男性を乗せて到着したのだが、彼らは明らかにベン・マクドゥーイに向かうようだった。私はすぐに彼らのところに行って声をかけ、夕方、ブレマーまで同乗させてもらえないかとお願いした。下っ端のオマケみたいに、彼らに付かず離れずついて登っていくつもりだった。願いは聞き入れられたので、私は元の連れ二人のところに戻って別れを告げた。再び登山グループの方に戻ってみると、すでに彼らの姿はない。私は急いであとを追った。渓流沿いのまばらなマツ林の中を縫うようにして歩いたが、なかなか彼らに追いつかず、私は足を少しだけ速めた。ようやく森林限界を抜けたが、眼前に広がる草木も生えない谷には、人の姿がまるでない。私のペースだって相当なものだったのだから、完全に視界から消えるほど、あの四人が速く歩くとは思えなかった。私の中の慎重さ——私はそれまで一度しかケアンゴームに来たことがなかった——が待て、と命じた。私は彼らを追い越し、引き離してしまったのではないかと疑い始めていた。しかし、待てなかった。その朝は雲ひとつない青空の六月、それに私は若かった。何ものも私を引き留めることなどできなかったのだ。山を舐めるようにして燃え広がる激しい炎のごとく、私は駆け上がった。ロッホ・エチャハンが雪の下からふいに転がり出た。山頂はワインのように私を酔わせた。くっきりと輝く一千もの頂《いただき》を、一望のもとに見渡す。するとはるか遠い南の空に、砕け散った泡立つ白波のような雲の壁が見えた。それはあっという間に押し寄せてきて、ものの一分で百の山頂を覆った——たちまちのうちに私のところも覆い尽くすだろう。さっと辺りを見回し、どこか身を寄せる場所を探した。荒廃した調査隊用の小屋を見つけると、そこへ一目散に走った。その小屋からコーラ・エチャハンを通って下に伸びる道は、はっきりとケルンで目印がつけられている。しかし小屋にたどり着く前に、私は完全に呑み込まれてしまった。最初に雲を見てから雲に呑まれてしまうまで、四分にも満たなかった。半マイル［約八〇五メートル］ほど下りたところで、流れる霧の中、道の脇で紅茶を飲んでいると、どこかに消えていた仲間たちがまだ登りの途中だとわかったのだった。また別の日のこと。山頂のケルンの脇に座って、雲のない空の下に広がる湖や山々を見つめていたが、いくつか名前のわからないものがあって、それを調べようと地図の上に身をかがめた。再び頭を持ち上げると、私は世界で一人きりになっていた。傍らに赤い花崗岩のかけらがいくつかあるだけ。この速さこそ、霧が命取りとなる特徴のひとつだ。山上の寂しい片隅で錆びるに任された飛行機の残骸は、その恐るべき力の証となっている。

人間の手は獣の世界にも及んでいる。人間はユキホオジロを営巣地から追い出した。オオライチョウ[13]を追放したが、その後また外国から招き寄せた。アカライチョウを保護し、ハヤブサをほとんど死滅させた。アカシカの世話を焼いて、ヤマネコ[14]を絶滅させた。実際、人間はアカシカの生態系を維持していて、アカシカは、この山塊とその周囲の谷全体にわたる人間の経済活動の中心となっている。しかし、こうした秩序が壊れてしまう兆候がいくつかある。狩猟場の経済システムというのは私がほとんど共感しないものだが、あっさりとそれを終わらせることなどできないこともわかっている。人間が鹿を殺すのをやめれば、鹿は自ずと死に絶えて、この山から消えてしまうかもしれない。もしくは、その野生に任せておいたら、彼らは退化してしまうかもしれない。人間がヘザーの生い茂る大地から農地や牧場をもぎ取り、絶え間ない労働によってその生産を維持しても、生活できるか否かは、狩猟の案内や森番で稼いだ副収入にかかっている。その労賃がなかったら、もしくはそれに相当するものがなかったら、農地はあっという間にヘザーが茂る野に逆戻りしてしまうのだ。

こうした小作地や農場や狩猟番の小屋は、特徴ある人々を生んできた。彼らは個人主義者で、意志が強く、タフで、頑固で《スローン》、頭が良く、偏見に満ちていて、妙に気まぐれで、ピリッとしたユーモアのセンスを持っている。ここの暮らしは苦労が多く過酷だが、それが魂の美しさを殺してしまうことは滅多にない。彼らのうちでもっとも優れているのは、様々な技術を持ちあわせている人々だ。必要を満たすにあたって発明の才を発揮し、自分の専門領域に精通し、専門外の多くのことにも興味を持つ。媚びへつらうことはしないが、地主を怒らせることは避ける。正直者だが、神様のことは「天の兄ちゃん」《ザ・バーキー・アップ・ヨンダー》くらいに考えているだけ。もてなし上手だが、「手放しに優しい」《センスレス・シービル》わけではなく、何が大切かについての冷静なバランス感覚を持っている。もちろん例外はある。例外のないことなんてないのだから――「自分の土地《グルン》からモミの球果《ヤウイー》ひとつたりとも手放さない」男だとか、「あたしのピカピカの水差しに目をつけた」女だとか、はたまた、「お茶の角《かど》が取れるから」と言って、有無を言わさず砂糖をあなたのカップに入れてしまう親切心だとか。

ここの暮らしに余白はあまりない。仕事は暗い時間から暗い時間まで続く。干し草は八月に取り込まれ、オーツ麦は（運が良ければ）十月に収穫される。しかし、クリスマスになってもなお、斜面の畑に黒々としたオーツ麦がぐっしょりと濡れて立っていることがある。夜、知らぬ間に雄鹿が押し入り、育ちかけの作物を荒らしてしまうこともある。一月、農家の妻は自分の兄弟の葬儀にも行けない。この時期、雌牛の乳の出が悪くなり始めるからだ。他人に乳搾りを任せようものなら、その後一切乳を出さなくなってしまうかもしれない。そうなったら収入は途絶え、おまけに《フォーバイ》よそから牛乳を買うことになる。水は井戸から、雪の吹き溜まりや溶けかけた雪の上を歩いて運ばなければならない。農家の人自身が創意工夫の才と器用な手の持ち主で、山から家に水を引き入れる給水設備を作っていれば話は別だ。その場合ですら、厳しい冬の山のなか、その設備を点検したり直したりしなければならない。

井戸がない、家から行ける範囲に泉が湧いていないということになれば、使う水はすべて渓流から、傾斜が急で骨の折れる川岸をのぼって運ばなければならない。そうなると、洗濯は何世紀も昔から続くやり方、つまり土手を下りて川岸ですることになる。時折、風の強い日などには、煙が立ち昇るのが見える。火がちらっと見えるので近づいていくと、渓流のそばの木や岩で守られた場所に、大釜を囲んで動き回る女たちの姿が見える。

こうした山あいの奥まった場所では、基本的な必需品の調達は、今でも時間と労力のかかる個人の力によって行われている。水の透明な輝きと人のあいだにポンプすら介在させることなく、人は井戸から桶で水を汲みあげる。森で集めてきた枝を折り、火を熾《おこ》し、鍋を火にかける。こうした素朴な営みには、深く沁み渡るような満足感がある。意識的に考えるにせよ考えないにせよ、これは命に触れる行為であり、このことを人は心のどこかでわかっている。身をかがめて桶を水に浸すと、私は深い充足感に満たされる。とはいえ、こうした暮らしが生活の速度を落としていることもわかっている。これらの仕事を毎日四六時中しなければならないとしたら、他の活動や関心への扉を閉ざさなくてはならないだろう。古い暮らしを、若い人たちがなぜ忌み嫌うのか私にはよくわかる。

しかし、すべての若者が逃げ出したがっているわけではない。とんでもない。こうした飼い馴らされていない場所を心から愛し、そこで暮らすこと以外何も求めない若者たちだっている。彼らは父親の技術を継承し、時にはそれをさらに発展させる。もちろん、反抗的な若者たちもいる。彼らは古臭い生活環境を嫌い、時間のかかる昔ながらのやり方を軽蔑し、そうしたやり方を称賛するのは感傷主義だと考えている。彼らは出ていく。しかし、彼らは（彼らの一部かもしれないが）受け継いだ技術を携えて出ていき、たくさんの種類の新しい技術を、彼ら自身の良質なイバラの根に接ぎ木する方法を外の世界で見出していくのだ。残念ながら一定の人たちは事務職を希望して、彼らの親の多種多彩な技術を失ってしまう。若者たちも老人と同じく、人それぞれなのだ。人間の性質とはこれまでも常にそうだったし、これからもそうあり続ける。山の上の暮らしも、ほかのどの場所とも同じで、愛と憎しみ、嫉妬と親切、忠義と裏切り、そして多くの平凡で単調な幸せに満ちている。

山に暮らす人たちはその厚意を、山を愛する人たちにまで広げてくれる。彼らは私たちが彼らの家を一緒に使うのを許してくれるのだ。形だけでなく、私たちを対等なものとして受け入れてくれる。私たちは都合のよいときに出かけたり帰ってきたりできるし、風が唸り声を上げる冬の夜には、台所の炉端に座っていることもできる。そうやって座っていると、雪が張り付いた耳当て付き帽《ラギット》を被った彼らが、ドスンドスンと足音を立てて牛小屋から帰ってくる。彼らに山への情熱があろうとあるまいと、彼らは私たちの山への情熱に敬意を払ってくれる。山のそばに暮らす人々は山を愛してはいない、と多くの人が主張するのを聞くが、私の経験から言えばそれが本当だとは思えない。私はある青年の顔に浮かんだ光を決して忘れることができない。彼は戦争から帰ったばかりで、父親の傍らにつき、木も生えぬ山の農場のひとつで汗を流して働いていた。で、イタリアとスコットランドどっちがいい？　と私が聞くと、彼はその質問に答えすらしない。言葉で答えるかわりに、仕事の手を休めもせず横目で私をちらりと見ただけだったけれど、その顔はかすかに輝いていた。女たちがむやみに出歩くことはない。彼女たちは日々の仕事でいつも忙しい。家の中でも外でもあちこちで。山には登らないが（実際、そんな暇や余力がどこにあるというのだろう？）、彼女たちは山を見ている。ハイランドのなかでもこの地域では、「見ることは肉欲なり」とはされていないのだ。「私が出かけるとしたら、お葬式か事件でも起きたときだね」とある狩猟番の奥さんは言う。しかし若い時は、彼女も山を走り回ったし、山の野性のなにがしかが今でも彼女の話しぶりには残っている。しかし、同じ家族でも違いはある。まさに山を庭にして育った二人の姉妹がいたが、一人は「ああ、もう山の話はたくさん。毎日毎日そればっかり見てるんだから」と言い、もう一人はそれこそプラトーに小さなテントを張って、何週間もそこで過ごしていた。私の知る限り正真正銘の山好きの一人は、ブレマーに住む老ジェイムズ・ダウニーだ。彼の握手（儀式ばった厳粛さで私の手を握ってくれた）が、私のベン・マクドゥーイ初山行の日を締めくくってくれた。かつて、グラッドストンがプールズ・オブ・ディーを見に行こうと決めたときに、ダウニーは彼を案内するという仕事を引き受けた。ブレマー側からプールズに続く道は、険しくはないが長い。そして、この道は、両側の山に閉ざされどおしだ。プールズは峠道の最高地点の下にあるから、スペイサイドまでのひらけた広い眺めとその向こうの山々を見たいなら、プールズからもう半マイル［約八〇五メートル］巨礫のあいだを登らなければならない。だがグラッドストンは、プールズの先へはもう一歩たりとも動けないと頑なに拒んだ。金で雇われている身のダウニーは、そこで立ち止まらなければならなかった。山男のダウニーは、この時に受けた傷を決して許さなかった。四十年後にそのことを私に語る彼の声には、いまだに恨み節が生々しく響いていた。

山に暮らす人々は私たちの山登りを受け入れ、夜に歩き回ったり戸外で寝たりする変わった行動にも寛大だ（「あんた、自分がドアもついとらん荷車小屋で生まれたと思っとるんか」――実際、雨が降る夏のある夜、私たちは荷車小屋にキャンプ用のベッドを持ち込んだことがあったが、彼らがそんな私たちをどんなに面白がったことか。あけっぴろげに、腹の底から笑っていた）。しかし、無責任な行動にはまったく容赦がない。冬の登山については、ただひたすらに非難する。晴れた空からどれほどあっという間に嵐が起こるか、どれほどすぐに暗闇が訪れるか、プラトーの上のハリケーンの力がどれほど恐ろしいものになりうるかを、彼らは十分すぎるほどに知っているのだ。警告されたのにそれを無視して人間の命を粗末にする若い愚か者たちのことを、辛辣な現実主義的態度でもって語る。しかし、もし人が山から帰ってこないということになれば、彼らは忍耐と粘り強さ、山の技術をもって、しばしばぞっとするような気象条件のなかでもその人の捜索に出かける。その人が生きているという望みがもはや尽きてしまったときには、根気強く遺体を捜す。店の店員、駅員や車掌、製材所の所長などが実は経験豊富な山男だとわかるのは、こういう捜索隊が組まれたときだ。実際、山で偶然出会ったあらゆる種類の人たちと話してみると、山の「フェイ」の虫はどんな人にでも分け隔てなく取り憑くのだとわかる。あらゆる階級の人々に、この奇妙な快楽の中毒者がいるのだ。古代の王族の末裔（なのかそう見えるだけなのか）——この、痩せて鷲鼻で骨ばった膝の持ち主は、雨の中、キルトとハイランド・マントをはためかせ、ベン・マクドゥーイで雲の中から下りてきた——から、赤毛の機械工、モグラ獲りの老人、グラスゴーからきた使い走りの男の子まで、こうした思いがけない出会いにおいて、私は多種多様な人たちと話をしてきた。

　私が初めてここを登り始めてからこれまでに、山の骨から生まれ、他所《よそ》で暮らしたことのない家族のもとで育ち、強引でつむじ曲がりの個性の持ち主たちが、たくさん亡くなってしまった。たとえばマギー・グルア。突き出た花崗岩のような人。崖のようにすらりとした体つき。ウィットに富み、必要とあらば辛辣。もてなし上手で、どんな緊急事態にも即座に対応。マギーの暮らしは明るさと喜びに満ち、それが彼女の出してくれるポリッジ[17]を単なる食べ物以上のものにしていた。昼も夜も彼女にとっては同じことで、泊まりたいという登山者を断ることは決してなく、階段の踊り場だろうと、納屋だろうと、人間の体を横たえられるところならどこでも寝かせてあげた。といっても、疲れ切った体を喜びいっぱいに解放し、夜の深い眠りに入ったばかりの男を叩き起こすことも躊躇しなかった。行き暮れて午前一時に重い足取りでたどり着いた女性に彼のベッドを使わせるためである。それから、ジェイムズ・ダウニー。背が低く、がっしりした体つき。最後までしゃんとしていた。彼の態度には山男の威厳が備わっていた。気骨ある話をいつもしてくれた――皇太子や政治家、大学の教授やらが彼の山の技術と張り合おうとした話。彼のガイドのもと、引きずるスカートと何枚も重ねたペチコート姿で初めて登山をした女性たちの話。彼女たちのために無口な羊飼いからマウンテン・ポニーを借りたのだが、この羊飼いは自分の小屋に隠れてしまって、「お嬢さんがた」を座らせるのに手を貸さなかった――「あんたがお嬢さんがたをポニーに乗せてさしあげるのが見たくてね」。羊飼いはそう言ったそうだ。ジェイムズは、女性の登山客に容赦なく自分の規律を要求した。実際、この老人は厳しく強情な傾向があった。彼の話のいくつかはとても可笑しいのだが、彼はあまり声を上げて笑わない。圏谷の厳しい姿が彼の魂に入り込んでしまったのだ。彼には優しさだとか家庭的なところがまったくない。結婚もせず、好んで自分の農場の小屋に独り住まいをし、母屋は姉妹たちに任せている。「あの人、動物に優しく《クーシ》なくてねえ」と、いつか彼の甥の奥さんが私に打ち明けたことがある。「ほんと、ときどき《ワイルズ》動物にえらく残酷で」。彼の生前、私が最後に彼の農場に泊まったとき、彼はバス停までの長い道のりを、私の荷物を持ってやると言って聞かなかった。私はそんな必要はないと抗議したが、彼はかつて女性登山者を扱ったのと同じように私を扱ったのだと思う。「わしはこんなこと二度とせんよ。あんたにはもう会わんだろうからな」などと言うのだった。そう言った彼は、それからわずか数ヶ月後に死んでしまった。

それからサンディー・マッケンジー。ロシーマーカス側の屈強な狩猟番。私が知り合った頃はすでに、太陽の下で体を温めているようなご老人だった。そして彼の二番目の奥さん、ビッグ・メアリ。夫より何年も長生きして九十歳で亡くなった。半ば視力を失ってはいたが、不屈の人だった。背が高く痩せていて、腰は曲がり、肌は皺々、暖炉の煤《ブルック》で黒ずんでいた。その灰色の髪は風に吹かれて乱れ、予言者のような不気味《エルドリッチ》な風貌をしていた。最後に彼女と会ったときは、サンディーの義理の娘さんが、メアリが一人きりで住んでいた小屋（私はよくここに泊まらせてもらった）から彼女を連れ出して面倒を見ていた。灰色の髪は洗われて白い純毛のようになり、爪はブラシで汚れを落とされ、両の手は今や柔らかだった。もう大きな斧を振り上げることも、大地からモミの根を引き抜く《ラグ》こともなかったから。きちんとした黒い服を着て、白いレース編みのショールを肩に羽織っている。私は息が止まりそうだった。それはあまりに洗練された姿——驚くべき光景だったのだ。しかし、大地のような泥臭さと嵐のような激しさこそが、本来の彼女の特質なのだ。彼女はそういう人なのであり、本人もそのことを自覚していた。「家事の才なんてまるでなかったよ」と、かつて彼女は私に言った。「外の仕事が一番好きさ。それと動物の世話さね」。あの田舎家で、年老いてゆく夫と二人きりで暮らしながら、彼女は鶏たちや、老いた馬、牛に向かって彼女の母語であるゲール語で話しかけていた。老マッケンジーが亡くなった時、その牛は荒れ野の向こうの農場に引き取られていった。「ホワイトウェルの牛はもう御免だわ」とこの雌牛の乳を搾っていた女性は言った。「あたしたちじゃ牛に話してあげる時間がないしね。話しかけてあげないとあの子は乳《ちち》出さないだろ?」

視力が衰えてくると、時に孤独がメアリを押し潰すこともあった。彼女は他人の人生に熱烈な関心を持っていたのだが、その欲求を満たしていた読書ができなくなってしまったのだ。「噂なんてそれを聞く頃にはもう饐《す》えているもんだからねえ」と彼女はよくこぼしていた。とはいえ彼女自身、さまざまなゴシップを口にした。ある人のことを「あれはタチの悪い娘《こ》だよ」と言い、ある恋にのぼせた男については「あれの目にはあの女がおっ被さって、お天道様も見えないんさ」とか、ある男やもめのことは「メアリを亡くしてあの人は落ち着いたね」だとか。一年のうちの二、三週ほど、私たちが彼女の田舎家を占領するあいだ、彼女は私たち同様に喜びいっぱいで、私たちをからかったり冗談を言ったりして過ごした。彼女は私たちの人生のあらゆる細かいところまで熱心な興味を持つのだが、それは決して無礼なものではなく、遠慮というものを心得ていた。出発の朝、私たちがメチルアルコールのコンロやフライパンを集め、寝袋を突っ込み、キャンプ用ベッドを折りたたむあいだ、彼女はやかんで湯を沸かすために大きな暖炉にパチパチと勢いよく火を熾し、最後の儀式となるお茶の準備をするのだった。目には涙を浮かべて。人を求める彼女の情熱は、その人たちの人生がどんなに道から外れたものであろうが、風変わりなものであろうが、抑えがたいものだった。にもかかわらず、地主が別の田舎家に二間《ふたま》ほどの空きがあるからそっちへ移ったらどうか、低地で視界はきかないが、人に囲まれた暮らしだよと勧めても、彼女はそういう誘いをきっぱり断るのだった。鳥が急降下するラインを思わせる荒野の長い傾斜、輝く崖、そして家を取り巻く風、こうしたものが無意識のうちに彼女を捉えていたのだ。彼女が自分の家で亡くなって良かったと思う。一人の友人と過ごした冬と、また一人別の友人と過ごすはずだった冬とのあいだに。九月の終わり、ある風の吹き荒れる日のこと、私はアヴィモアの鉄道駅に降り立った。するとすぐに友だちで車掌のアダム・サザランドが来て、「何が起こったか知ってるかい？　一時からビッグ・メアリの埋葬なんだ」と言う。川沿いの、木に囲まれた湿っぽい場所にある古い教会墓地までの二、三マイル［約三・二―四・八キロ］の道を歩き、ちょうど葬儀に間にあった。道路から墓地へと続く長い濡れた小道を、棺を運ぶ人たちの列についていく。誰かが（本当にありがたいと思う）メアリのために花輪を編んでくれていた。それは、ヘザー、ナナカマドの実、オーツ麦、大麦、ジュニパーといった、彼女が日々目にし、手にしていたものたちで編まれていた。すぐ近くには、パースでくり広げられたかの有名な「インチの戦い」の生き残り、ファーカー・ショー[18]が眠っている。彼は近所の人々にとってだいぶ迷惑な男で、そのあまりの迷惑ぶりに、彼が死んだとき、村人は平らな墓石の上に石のように硬くて重いチーズの円盤《ケバック》を五つ置いて、彼が墓から出てこられないようにしたという。その彼と同じく強靭で頑固な土地から生まれたメアリが、彼の近くに眠ることを私は好ましく思う。というのも、そう、スケールはファーカーよりも小さいとはいえ、彼同様にメアリも隣人をうるさがらせたから。悪い意味で、ではない。彼女に悪意などないのだ。しかし、彼女はいわば塩であり、塩は時に刺激が強い。メアリは悪魔《オールド・ニック》のように偏屈《スローン》で、神のみが（とみんなが私に言う）悪魔がしたいようにするのを止めることができる。彼女の人生と関わった人たちの人生に彼女は問題を引き起こした、と言われていることに私はおおいに納得する。しかし、彼女には彼女自身の誠意があったのだ。あり余るほどに豊かな誠意が。私は彼女についてこう言いたい、主人ドン・キホーテについていくことをなぜやめないのかと問われたサンチョ・パンサのように。「そうするしかほかにできないんです……私はあの人からパンをいただきましたし、あの人が大好きですから」と。[19]

生きている人たちについては――私を教え導いてくれた人たち、私を泊めてくれた人たち、山に入る旅の友となってくれた人たち――たくさんの中から何人かここで名前を挙げなければならないだろう。ホワイトウェルのもう一つのマッケンジー家、老サンディーのご家族。それからタロッフグルーのマッケンジー家の人々。そして忘れてはならないのが、サザランド夫人。この人はアダムの奥さんで、自身はその地に古くから住むマクドナルドの家系。太陽のように寛容な人で、私が山に出入りするのを四半世紀ものあいだ親切に世話をしてくれた。また、ジェイムズ・ダウニーの甥、ジム・マグレガー、それにその奥さん。彼らは感謝してもしきれない友人たちで、山群のディー川側で、サザランド家の人々がスペイ川側でしてくれたように、彼らの家を使う特権を私に与えてくれた。*

この人たちは山を支える骨だ。生活様式は変わっていき、新しい経済が彼らの暮らしの型を作っていく。おそらく、彼らも変化してゆくのだろう。しかし、彼らが彼らの野性溢れる土地を離れず、その天候の支配に従いながら暮らしている限り、この土地が持つ性質の何かが彼らの気質にも沁み渡る。彼らはそういう刻印を持った人間になる。

＊《原注》 ここで名前を挙げた人たちは、サンディー・マッケンジーの娘さんのキャリーを除いて、みな故人となった。しかし彼らの子孫たちが生き続けている。

十、眠り

そうして、私は自分の山を発見した——その天候、その空気と光、その歌う渓流、その霊が出没する谷、その尖峰や小さな湖、その鳥たちや花々、そこに降る雪、そして彼方に伸びるあの青の連なり。年月を重ねるごとに、私はそうしたものすべてとの親交を深めてきた。しかし、そのあらゆる真の姿を発見した通りに語るならば、その語りの中には私自身も含まれる。私は自分の発見を奏でる楽器であり、この楽器の弦や音孔を巧みに操るには、努力して習得することも必要とされる。つまり、五感は訓練し鍛えなければならないということ。眼は見るように、耳は聴くように、肉体は正しい諧調《ハーモニー》を奏でるように鍛錬されなければならない。山の性質を学ぶためのたくさんの技《わざ》を、私は自分の肉体に教えることができる。そのなかでもっとも注目すべき技のひとつが、静止だ。

山で眠ったことのない人は、山を完全には知らない。人は眠りに滑り込むと、精神が凪いでいく。肉体は溶け、知覚のみが残る。思考もしなければ欲望もせず、記憶もしない。ただ、触知できる世界との純粋な触れ合いの中にある。

眠りの前に訪れる、こうした静止状態のなかで知覚する瞬間は、一日のうちでもっとも満足感をもたらしてくれるもののひとつだ。心を占める様々な想念は消え、私と大地と空とのあいだには何もない。真夏には、真夜中をだいぶ過ぎても北の空が明るい。見つめていると、空を背景にして立つものの輪郭には光が溢れ、そのもの自体の形を細める。もともとほっそりとしたものは、光を放つだけの実体なきものとなる。あたかも、それらは光だけでできているかのように。プラトーの上ともなれば、光は信じがたいほど夜遅くまで消えずに残る。プラトーを除く世界のすべてから、光が消え去った後々までも。これを見ていると精神は次第に白熱する光を放ち、やがてその輝きは深く静かな眠りへと燃え落ちていく。

日中の眠りもまたよい。早朝に出発したあとの昼の暑い盛り、陽の光をいっぱいに浴びながら山頂に寝転び、眠りに落ちたりまた目覚めたりする。人生のもっとも甘美な贅沢のひとつだ。というのも、山で眠りに落ちれば、目覚めという美味なる結果が必ずやもたらされるから。眠りの余白から抜け出て目を開けると、そこに崖や小峡谷《ガリー》が見えて不思議に思う。自分がどこにいたか忘れているのだ。まっさらな驚きを再び体験できることなど、そうあるものではない。ありふれた経験なのかはわからないが（たしかに、私の普段の眠りでは起こりえない）、私は戸外で眠りに落ちると、おそらく戸外での眠りはいつもより深いせいか、精神が空っぽの状態で目覚める。自分がどこにいるのかという意識は、比較的すぐに戻ってくる。けれど、この驚くべき一瞬、私はよく知っている場所を、今まで一度も見たことなどないかのように見るのだ。

そういう眠りはほんの数分しか続かないかもしれない。しかし、ほんの一分だとしても、精神を解き放つ目的にはかなう。単に空想めいた話かもしれないが、山の精神だとか山から放たれるもの《エマネーション》だとか、そういったものが、私の意識をこうして吸い取り、むき出しになった私の知覚に――これ以外の方法で知覚をむき出しにすることは難しい――山の真の姿を見せようとしているのではないか。そんなふうに思いたくなる。私は、山に感覚があると言っているのではない。それでも、こんなにも深く山の生の中に沈み込んでいける瞬間はほかにない。私は、こうして自己を解放してきた。これは経験しようとしてできるものではないだけに、とりわけ貴重なものなのだ。

午前四時に出発すれば、こうした静止の時間を、そしておそらくは眠りの時間も、山頂でたっぷりとることができる。私たちの肉体は、山を歩くときに生じる一定に保たれたリズムによってしなやかになり、食事のあとはゆったりとくつろいだ状態になる。私たちは岩のごとく静かに、そして微動だにせず、はるか地中深くに根をおろす。その時、土はもはや大地だけのものではない。眠りがそういう瞬間に訪れるならば、その到来は日が巡るようにごく自然なものとなる。そしてその後、人は岩であること、大地の土であることをやめ、その奥に人間の知覚を持つ両の目を開き、自分もまた芯からその一部であったものを見る。それがすべて。人はその懐に抱かれていたのだ。

けれども私は一度だけ、そんなところで寝るつもりなどない場所で眠り込んでしまったことがある。私たちはブレーリアッハにいた。地平線に霞がかかる日で、その平坦な眺めには、命の気配も興味を引くものもほとんどなかった。そこで私たちは山頂を少し越えたところで、崖の際《きわ》にぎりぎりまで近づいてうつ伏せになり、体は危なくないよう地べたにつけたまま、崖下の圏谷、コーラ・ブローハン[1]を見下ろした。渓流は水を湛え、いたるところで滝の音がこだましていた。私たちは、滝の水が落ちては岩の表面にとめどなく降り注ぐのを見つめていた。はるか下方の谷底には、草を食《は》む鹿たちが小さな動く点々となって見える。私たちはこの点々が動くのをじっと見ていた。すると太陽が出て私たちの体を温め、動きと音のパターンが私たちに眠気を催させた。やがてふと目を覚ますと、黒い岩壁直下、信じられないほど遠く離れた谷底を自分が見ていることに気づいた。実際、山頂から下の渓流の川床まで二〇〇〇フィート〔約六一〇メートル〕はあったと思うが、鹿たちがまだ草を食んでいた内側の圏谷の底までは一〇〇〇フィート〔約三〇五メートル〕もなかったと思う。しかし、あらゆる思考や記憶から引き剝がされ、純粋に感覚だけとなった眼、開いた途端恐怖に打たれたあの眼にとって、その一〇〇〇フィートの落差はとてつもなく大きく思えたのだ。安堵のため息をつきながら私は言った、「コーラ・ブローハン」。そしてぐるりと仰向けになって、崖の縁《へり》からゆっくりと体を移動させ、身を起こして座った。私は奈落の底を見たのだった。

無意識の深みに落ちることが昼下がりの山における眠りの恩恵であるならば、夜空の下の眠りは、それが浅い時ほど格別に味わい深いものとなる。意識の表面に浮かんだり、また沈んだりするのを繰り返すような浅い眠りが私は好きだ。ただ何かが目に映るだけの状態。思考に邪魔されず、澄み切った感覚そのものの中に生きる状態。早くは五月、遅くは十月の第一週まで、私は外で寝ることがある。常識はずれで天邪鬼なここの天候でも、たいてい数日は良く晴れる日があるのだ。

屋根のないところで眠ったある十月の夜は、絹のように滑らかだった。夜更けになって遅い月が昇り、絹のように柔らかな夜明けを迎える頃、山は湖水のごとくたゆとう。純粋な魔法（witchery）をかけられた夜。スコットランドがその誤りを証明しようと躍起になってもやはりできない、あらゆる魔法《グラマリ》の物語を信じたい気持ちにさせる。それも不思議なことだとは思わない。そんな朝の四時だとか五時だとかに戸外にいたら、誰だって正常ではいられなくなる《スペルミスする》だろう。妖精だとか魔法だとか魔術だとかは、朝八時までベッドにいる人間のためのものではない。外で眠るのに十分暖かい十月の夜を選んで、月明かりとすっかり混じり合った夜明けを迎えれば、私の言っていることが正しいとわかるだろう。あなたもきっと妙な魔法《ミススペル》にかかる。

私は魔法《グラマリ》が好きではない。魔法は、一つの現実である世界ともう一つの現実である自己——この自己はすでに、偽りと因習の幾重もの硬い皮に覆われているのだけれど——とのあいだに何か人工的なものを差し挟んでしまうから。この二つの現実が融合してこそ、生は腐敗から救われるというのに。だから、魔法《スペル》の話はこれで終わりにしよう。

私が外で明かした夜のほとんどは、ごくありふれた夏の夜だった。そんな夜に幾度となく目覚めるのが私は好きだ。そういう夜は、世界がとても美しいから。それに、野生の生き物たち、そして鳥たちが、怪しむことなく眠っている人の近くに寄ってくるからでもある。しかし、目を覚ますにもコツがいる。完全に覚醒するまで待ち、それから体はじっと動かさずに目だけを開けるのだ。ある時、昼下がりの眠りを貪っていた私はビクッと目を覚ました。若いクロウタドリが、私の脚の上を歩いていたのだ。彼は人の手から餌をもらうのに慣れていて、かすれた奇妙な笑い声を装い、施しを求めていたが、私を目覚めさせるには声の調子が低すぎた。それから、ズアオアトリが私の胸を触ったこともあった。どちらの時も眠りが浅かったので、何かに触れられたのを感じて目を覚まし、驚いて逃げる訪問者を目で捉えることができた。ビクッと体を動かすなんて馬鹿なことをしなければよかった！ でも、その時は眠りが破られてしまったのだ。そうではなく、自然に目覚めるのがいい。閉じていた目がひらく。ただそれだけでいいのだ。そうすれば、十ヤード［約九・一メートル］先に夜明けの光に包まれてアカシカが草を食んでいるのが見える。彼は音を立てることなく動く。世界はしんと静まり返っている。私もじっとしている。いや、そうでもなかったか？ 私は動いてしまったのだろうか？ 彼は頭を上げ、鼻の穴をヒクヒクさせている。私たちは互いに見つめ合った。どうして目を合わせてしまったのだろう。彼は逃げた。とはいっても、それほど遠くにではない。逃げるときに急に立ち止まり、私をまたうかがう。今度は彼から目を逸らしてみた。しばらくして彼は安心して頭を下ろし、食事を続けた。

明け方、眠りから浮かび上がると、ノロジカが目に入ることがある。私の意識は、それを記録に留めないうちにまた眠りへと沈んでいく。そんなことが時々ある。一瞬目にしたものはヴィジョンとして残り、それは確かにここにあるのだが、法廷でそれが真実だと誓いをたてることはできない。朝すっかり目が覚めたときには、そのことを忘れている。それから少し時が経つと、ある思いが頭の片隅で私をしつこく悩ませ始める――「で、あのノロジカは夢だったの？」――と。確信を持てないために、この問いが長いこと取り憑いて離れない。

私が眠っている場所より低いところに並んだ杭が、フィンチたちで賑わっていることもある。目を開けると、二十羽を数えることができた。またはシジュウカラ科の鳥たち。この一ロサイズの小さな子たち特有の可愛らしいやり方で、くるくると向きを変えている。シジュウカラ科すべてのなかでもこの動きが完璧なのが、もっとも希少種である小さなカンムリガラだ。私は一度ならず彼が自分を見せびらかすのを見た。まず背中、それから正面、次に横、というように一瞬一瞬ポーズを決め、また新しい人に見てもらおうと、高い枝や低い枝へと飛び回る。完成されたファッションモデル。

耳がまず目覚めることもある。タシギ[2]たちが打音《だおん》を立てている。私は寝袋に入ったまま半身を起こし、降下する美しい姿をひと目見ようと空を探す。時にはまだ暗すぎて（スコットランドの真夏でさえも）、その動きの軌跡は見えず、降下に従って大きくなる打音だけが耳に漂う。

眠りから覚めて雄鹿の咆哮を聞いたこともある。でもこれはもう戸外で過ごした夜の話ではない。その頃の夜は寒くて暗く、山はたいてい静まり返っていて、そこから聞こえてくる咆哮は恐ろしい。静寂は別の咆哮によって破られることもある。雪が解けると、滝の音が夜通し耳に響き、私の眠りに注がれる。また、何日も雨が降り続いたあと、氾濫する渓流の流れ下る音が目覚めとともに聞こえる。雄鹿のそれより単調で、いつまでも止まない咆哮。こちらにはまた独特な恐ろしさがある。

十一、感覚

精神と肉体を静止状態にする訓練を終えたあとは、これらを活動状態にする訓練もしなければならない。五感は使わなければならないのだ。ここで何より耳を傾けるべきは静寂。静寂に耳を傾けるということは、ここには静寂が滅多にないと知ること。常に何かが動いている。空気が完全に静止しているときでも、常に水の流れがある。それがこの山でほとんど聞き逃すことのない音。プラトーの多くの岩場は、水の流れより上だというのに。でも時折、静寂がほぼ完全になるひと時が訪れる。それを聴いていると、時間からするりと抜け出てしまう気がする。そうした静寂は単なる音の否定ではない。それはひとつの新たな元素《エレメント》のようなものだ。水がまだ遠くで低いつぶやきを漏らしているとすれば、それは、水という元素の最後の際《きわ》にすぎない。私たちは今、そこから立ち去ろうとしている。水夫が水平線に残る陸の最後の際を見つめるように。そうした静寂の瞬間は、霧、あるいは雪に包まれてやって来る。または夏の夜（羽虫の集団が漂うには涼しすぎる夜）、あるいは九月の夜明けに包まれて。九月の夜明けの中で、私はほとんど息をすることができない――私はガラス玉の中の影。ガラス玉に浮かぶ世界。私はその中にいる。

　そんな透明な静けさに包まれた夜、真夜中もだいぶ過ぎた頃にテントの外で横たわり、目を覚ましていたことがあった。私の目は、薄く塗り広げられた光の名残が漂うプラトーを見ていた。この静寂の中で、柔らかな、ほとんど感知できないような、トサッという音がした。かすかな音ではあったが、私が頭をそちらに向けるには十分だった。テントの支柱の上、モリフクロウ[1]が私をじっと見下ろしている。空を背にした彼の姿を捉えることができた。私は見つめ返した。彼は首を回す。一方の目を私に向けたかと思うと、今度は反対の目を向ける。そうして、空中に溶けていった。あまりに静かに去ったので、もし私が彼をじっと見つめていなければ、彼が去ったこともわからなかっただろう。真夜中のフクロウの動きを聞いたこと――それは滅多に遭遇しない出来事で、ささやかな勝利だった。

　鳥の歌、そして歌ではない彼らの騒々しい鳴き声、彼らの動くかすかな音。こういう音を耳は聞き取る。鳥の鳴き声のうち、私にとって、山の霊をもっとも体現しているものがあるとすれば、それは、草木も生えない寂しい場所を駆けるムナグロの鳴き声だ。

しかし、耳は騒乱の音も聞き取る。怒り狂う海の轟きさながらの音で大風がガーヴ・コーラにぶつかると、空気が岩に当たって砕け散る音が聞こえる。突然の豪雨は大地を打ち、轟音を響かせながら峡谷を駆け下る。雷は長く恐ろしい連打をロッホ・アーンの狭い谷間に響かせる。人類は騒音を嫌というほど耳にしているが、山の上のここにあるのは、むき出しの、根源的な荒々しい音。それは何十億年ものあいだこの宇宙で作用し続けてきたさまざまなエネルギーから生じた音の、ほんの小さな例。破壊ではなく、喜悦の音。

それぞれの感覚は、山が与えてくれるものに通じる入り口だ。口は野生のベリーを味わう。ビルベリー、「野育ち自由なクランベリー」[2]、それから、すべてのベリーのなかでも格別に繊細な甘さを持つエヴランまたはクラウドベリー。[3]なんだか夢みたいな名前だ。この果汁たっぷりの金色の球体は舌の上でとろけてしまう。が、誰にこの味を説明できよう。舌はその味を取り戻すことはできない。この味を知るためには、金色に熟れたクラウドベリーを見つけなければならない。

香りにしても同じ。芳《かぐわ》しい酔うようなあらゆる香り——マツ、カバ、ボグマートル、スパイシーなジュニパー、ヘザー、蜂蜜のように甘いオーキス、ワイルドタイムのすっきりした香り——これらは単語を並べ立てたところで何の意味もなさない。彼らは匂いを嗅がれるためにそこにいる。私は犬のようだ——匂いが私を興奮させる。暑くて湿度も高いある真夏の日、私は濃厚な果実の香りを捉えた。プラトーの大部分を覆う絨毯——草や苔、野生のベリーの茂み——から立ち昇るものだった。苔の土っぽい匂い、土そのものの匂い。これは掘り起こすのが、一番いい味わい方だ。時には鹿の悪臭が鼻腔を突く。春になると火のツンとした香りがする。

しかし私にとっては、視覚と触覚がもっとも大きな力を持つ。視覚は、私が見る世界に無限の可能性をもたらす。私は仰向けに寝ている。猛烈な強風に吹かれて巨大な積雲が駆けて抜けてゆく。しかし、その積雲の向こうははるか遠く、彼方の澄み切った空に、見えるか見えないかほどの繊細で淡い雲が細い筋《すじ》となって浮かんでいる。片目をつぶるとどこかに消えてしまう。両目を開けて見ると焦点が十分に定まり、筋がそこにあるのがはっきりと見える。これで、山が山自身の風を作り出していることがわかった。というのも、この淡い筋はほとんど動くことなく浮かんでいるのに、頭上の強風はなおも怪物のような積雲を追い立てているのだから。光の不思議さを発見してくれるのもまた目だ。月や星、空に広がる壮麗なオーロラの光だけでなく、移り変わる光の下で生じる大地自身の無限の変化も、目は捉えてくれる。そしてそれもまた、山自身の仕業だとわかる。山が纏う空気が光を変化させるのだ。断崖や小峡谷《ガリー》が光沢を帯びていたかと思うと、今度は陽炎のように揺らめく。それからくっきりと際立って見える——まるで遠近法を使わない絵のように。そこではそれぞれの対象がおしなべて一つの平面上に、同じ大きさで描かれてカンヴァスを満たし、前景も後景もなくなる。川の水が石の上を流れると、いく筋もの空色の曲線が水面に描かれる。かと思うと、水は光を通さないタールブラックに変わる。タールを思わせる、わずかに銀が混じった黒色。裸のカバの木々は、私が太陽に向かい合うと、黒く見える。輝く黒。精巧に彫られた黒檀の黒。しかし、太陽が私の背後にあると、その光が小枝の赤い群がりを貫き、白い幹を鮮やかに引き立てる。まるで幹の後ろに赤い雲が立ち込めているかのように。乾いた空気の中では、山が縮む。山々は遠くに退き、無垢な姿を見せる。ところが湿気を含んだ空気の中では、前にせり出してくる。彼らは強烈な存在感を示し、巨大になる。霧の中では、山は悪夢のような性質を帯びる。これは、私がどこへ向かっているのか分からなくなるためだけでなく、わずかに見えている地面も、よく知った周囲の地から切り離されて認識できなくなるためでもある。雪の上に漂う霧ほど、幽霊を思わせるものはない。ある三月の日、私はロッホ・ドゥを抱く圏谷[4]に向かって登っていた。斜面の下の方から雪が溶けてきて、渓流は勢いづいていた。渓流を渡るには雪のブリッジを渡るしかない。積もった雪の下の方にたわんだ不均衡な線が走っていて、その下を水が流れているのだと示していた。ずっと上の方はどこも雪に覆われている。すると雲が低く垂れ込めてきた。白い霧は、雪がまだ覆い隠していなかった目印もすべて消し去ってしまった。霧の中から、岩がぼうっと現れる。巨大な怪物のように。ロッホ・ドゥより下にある小さな湖がとてつもなく大きく見える。その向こうの急坂は眩暈《めまい》を覚えるほどにどこまでも高くそびえ、私は恐怖に圧倒される。あれは、今自分が登っている崖に違いない——あの小さな湖がロッホ・ドゥだ。私は下の小さな湖をとうに越えて、崖の上に向かって登っているところなのだ。そんなはずはなかったが、仄《ほの》白い幽霊のようなものからくっきりとした崖の形が現れ、私の思考を打ち砕き、理性を圧倒してしまった。これ以上先へは進めない。私は這い下りた。霧の下の、灰色の荒涼とした正常な世界は、安らぎの光を放っていた。

また別の霧の日――うっすらと向こうが透けて見えるような薄霧のかかる日。ハヤブサが崖から飛び立つのが見えた。大きく湾曲し尖った先端を持つ翼に、力強く振り下ろされる風切羽の素速い羽ばたき。しかし、私は見ているものが信じられなかった。上空を飛ぶ、この素晴らしい鳥をじっと見上げていたのだが、ハヤブサがあれほど大きいはずがない。崖に舞い戻る前、彼が空中で静止して初めて、私は自分の見ているものを信じることができた。その時ようやく、ホプキンズが言っていることを理解したのだ。

鷲の巨体が見える　霧の仕業で
三倍の大きさになって漂う

霧は面白いことに、目の錯覚を正してくれもする。山の稜線にかかる薄い霧は、高度と距離のグラデーションを際立たせ、一つの山だと思えたものが遠近の山々の重なりであったことを明かす。同じようなからくりで、波ひとつない水面に映し出された土地の姿は、その特徴をはっきりと映し出す。無秩序に重なり合った山々の相対的な距離と高さは人の目を欺くが、湖に映し出されることで明確になるのだ。

目はまた、自分の位置によっても錯覚を起こす。仰向けに寝転んで、ガーヴ・コーラの向こう、ロッハン・ウアーニャ上にせり上がるガレの斜面を見ると、それが水平に見える。ちょうど、ラーチャーの崖直下からその斜面を見上げると、この斜面が巨岩の直立する水平な平原に見えるのと同じように。ある年私たちは、ケアンゴームの向こうに広がる土地、タロッフグルーから見上げる山が曲線を描くその下にテントを張った。そこから上に向かって伸びる草地の斜面を見上げると、その上にケアンゴームの稜線がくまなく見える。山は二五〇〇フィート［約七六二メートル］くらいのところで切り離され、あいだにあるはずの荒野と森は消えてしまっていた。毎晩テントの外に横たわり、プラトーの際《きわ》で最後の光が輝きを放つのを見ていると、自分が実際プラトーの上にいるという奇妙な感覚を覚えた。自分のいる草地がプラトーと同じ高さにあるかのように感じ、プラトーの上端を照らすのみとなった残照を私も浴びて横たわっていた。半ば目を閉じることもまた、見ているものの価値を変える。草地のあちこちに咲く白い花は、半分閉じた目で見ると、まるで背景から浮き立つかのようにくっきりとした鮮明さで輝き出す。視点をどこに据え、目をどう使うか次第で生じるこうしたさまざまな錯覚は、習慣的なものの見え方が正しいとは限らないという真実を痛感させてくれる。それは無限の可能性の一つにすぎない。見知らぬものを目にすると、たとえ一瞬であっても私たちは打ち砕かれ、そしてまた立ち直る。これは奇妙なことだが、私たちの生を活気づけてもくれる。ただし、横向きや仰向けに寝返りを打っているだけならば、こういう振る舞いをする世界の果てにたどり着くには、長い時間がかかるだろう。

目は他にもさまざまな喜びを捉える——過ぎ去っては永遠に消えてしまう刹那的な瞬間。強風に吹かれ、山の湖から煙のように上がる水しぶき。その下には湖があるとわかっている雪原にきらめく、かすかな緑の光。水そのものが見える前に目が捉える光。雨の日にちらりと見えるロッホ・アーン。湖の上、岩だらけの渓流が流れ下る斜面から見えるそれは、ロッハン・ウアーニャと同じくらい深い緑。ちょっとした通り雨が荒れ狂う強風に煽られ、虹が現れては消える。眠気を誘う夏の午後、陽に満たされた窪地の上に揺らめく空気。川の上にかかる二重の虹。二本の虹の間には暗い空。岸から岸に伸びる虹の影。

視覚によって立ち入ることを許された世界の数を、数え上げることなどできようか。光の世界。色の、形の、影の世界。雪片、氷の生成、石英水晶、雄しべや花弁が織りなすデザインの数学的緻密さの世界。山の斜面が描く、流れるような曲線や深く切れ込んだ線が生み出すリズム。割られ刻まれ、暴力的に苦しめられた形をした岩の塊に、なぜあれほどにも深く心を落ち着かせてくれるものがあるのか、私にはわからない。もしかしたら、目が自分自身のリズムを、ただの混沌でしかないものに押し付けているのかもしれない。この岩塊を、ただの鋭い突起や尖峰以上のものとして——美として——見るには、創造的に見なければならない。そうでなければなぜ、人は何世紀にもわたって、山が嫌悪を催させるものと考えたのか。[6] 何らかの意識が山の形と相互に作用し合って、この美の感覚を生むのだ。だが、目が見るためには、そこに形がなくてはならない。何らかの特徴を持った形が。ただのどろっとした、形のないものではだめなのだ。すべての創造物同様、物質は精神によって受胎する。しかし、その結果生み出されるものは、生きている霊。意識の中に灯る輝き。この輝きが消えれば意識も死んでしまう。この生きている霊は、非存在——あの、絶え間なく私たちに忍び込んでくる影、けれど絶え間ない創造的行為によって追い払うことのできる影——から摑み取ったもの。だから何かを、たとえば山を、ただ見つめる。その物体の本質を貫くほどの愛をもって。これこそが茫漠たる非存在の中で、存在の領域を広げる行為。この行為こそ、人間が存在する理由。

触覚は、あらゆる感覚のなかでもっとも直接的な感覚だ。全身の繊細な皮膚が刺激される。体全体が、身構えていようが、抵抗していようが、落ち着いていようが、弛緩していようが、肉体そのものとは比較にならないほど強い力の衝撃に応える。冷たい湧き水を飲む。水は口蓋を刺激し、耐えがたいほどに喉をひりつかせる。冷たい空気を吸い込む。それは喉の奥をぴしゃりと打ち、肺はひび割れる。鼻腔に風が吹き込むと、横を向かなければ息ができない。頬が歯茎に張り付き、水から出された魚みたいに息は絶え絶え——この速度で動く空気の中では、人はその本領を発揮できない。凍るような寒さは顎の筋肉をこわばらせ、霧は頬にじっとりと張り付く。雨あがり、私はジュニパーやカバに手を走らせ、水滴が手のひらをくすぐるのを楽しむ。または背の高いヘザーのなかを歩いて、むき出した脚にその湿り気を感じる。

なかでも手は、無限の喜びを持つ。子どもの頃、チャーミングな老婦人から言われた言葉が忘れられない。私は彼女の田舎家を訪れていたのだが、昼食後に彼女の姪御さんと散歩に出かけようと、玄関ホールのテーブルからそこに置いておいた手袋を取った。老婦人はその手袋を私から取り上げると、テーブルに戻した。「これは要らないよ。両手を通してたくさんの力がやって来るんだからね」と。感覚もそんなふうにやって来る。ものを感じること。その手触り。ものの表面。松かさや樹皮のような荒れた表面を持つもの。茎や羽根、水の力で丸くなった小石のような滑らかなもの。からかうようなクモの巣。這って進む芋虫の繊細なくすぐり。地衣類に引っかかれる感触。太陽の暖かさ。雹《ひょう》の針が刺す痛み。勢いよく流れる水の鈍い一撃。風の流れ。私が触れるもの、そして私に触れるものはどれも、私の目に主張するように、私の手にもその個性を主張する。

足もそうだ。裸足で歩くことは、ジーニー・ディーンズが大変な思いをしてロンドンに歩いていって以来廃れてしまったが、[7] その恩恵を受けずに育った田舎の子どもはいない。もののよくわかった人たちは、この習慣を復活させている。彼らが、ケアンゴームの山の狩猟小屋のひとつに暮らす紳士の話をしてくれたことがある。彼は裸足で山に入る男だったそうで、昼ごはんにしようと彼が地面に座ると、この驚異的な男がどんな足裏を持っているか一目見ようと勢子《せこ》たちが群がってきたそうだ。しかし実際には、ヘザーの上を裸足で歩くことは、言葉で聞くほどぞっとするものではない。私もあちこち裸足で数マイルほど歩いたことがある。まずは小川を渡るのに裸足になる。いったん靴を脱いでしまうと、それをまた履くのが嫌になる。もし渡った小川の脇に草地があれば、そこも裸足で歩いていく。足に触れる草の感触を楽しみながら。草がヘザーに道を譲っても、私はなおも歩き続ける。ヘザーの茂みに足を斜めに降ろして小枝を踏み潰せば、だいぶ楽に歩ける。泥が乾いた平地は、太陽で温められて心地よい感触。ふかふかで滑らか。朝に背の高い草を踏むのもまた心地がよい。太陽で温《ぬく》もってはいるが、足を沈めるとまだひんやりと湿っている。食べ物がとろけて新しい味わいが口に広がる感じ。足に捉えられた一輪の花が足指のあいだから頭をのぞかせるのは、ちょっとした魔法だ。

水かさの増した小川を渡るときのもっとも強い感覚は、両脚にぶつかり押し流そうとする水の力だ。この力に対して体を支えようとする奮闘が、流れる水の中を歩くという単純な行為に意義を与える。シーズン初めの水はとても冷たくて、冷たいという感覚のほかは何も感じないかもしれない。全身がギュッと引き締まる。この氷のような冷たさがもたらしてくれる喜びに耐えるべく、全存在をかけて持てるすべての力を使う。しかし暑い時は、水の爽やかさが影のように皮膚を滑る。皮膚全体がこの喜ばしい感度を持つ。太陽を感じ、服の中に流れる風を感じる。足を滑らせると、水がぐっと迫るのを感じる――一瞬止まる息。波が押しとどめられたかのような。私の全宇宙を解放する光が体の隅々まで沁み渡っていく。波の名残りが砂浜に吸い込まれていくように。山の池《プール》の冷たい水に飛び込むと、一瞬、自己そのものが崩壊するかに思える。自己は持ちこたえられず、失われる。打ちのめされ、消滅する。それから、命がどっと溢れ戻ってくる。

十二、存在

そう、ここでは感覚の生を生きられるのかもしれない。身体《からだ》が思考する。それほどに純粋で、感覚以外のいかなる認識形態にも影響されることのない、感覚の生を。これ以上なく研ぎ澄まされた知覚の域へと高められたそれぞれの感覚は、それ自体で完全な経験となる。これが、私たちの失ってしまった無垢。一つの感覚に没入し、ある一瞬を永遠に生きるという無垢。

そうして、私はこのプラトーに横たわる。私の下には炎の中核がたぎり、この中核から、低い唸りと軋みを轟かせる深成岩塊が突き上げられたのだ。私の上には青い空。そして、岩の炎と太陽の炎とのあいだには、岩屑、土、水、苔、草、花、木、虫、鳥と獣、風、雨、そして雪——すなわち、全《すべ》てなる山。じっくりと時間をかけ、私は山に入る道を見つけた。もし私が五感以外にも感覚を持っていたとしたら、ほかにもわかるはずのことがあるだろう。私は、流れる水、花について五感がそれぞれに感受した緻密な情報を知覚する。この時、五感以外の知覚形態を授けられたとしても今以上に知覚できるものは何もない、などと考えるのはナンセンスだ。味覚や嗅覚なしに、どうして風味や香りを想像できるだろうか？　いや、想像すらできない。ものには、知る手段がないために、知ることすらできないさまざまな胸踊るような特性があるに違いない。とはいえ、今ある五つの感覚だけでも、なんという豊かさだろう！　山に入るたび、私はこれを高めていく――この目は以前見なかったものを捉え、あるいは、すでに見たものを新しい見方で見る。耳もそうだし、ほかの感覚も然り。これは育つ経験なのだ。特別なことなど起こらない日々ですら、欠くことのできない要素が書き足されていく。そして時に、天と地が崩れ去り新しい創造物を目にするときが訪れる――予期せず、そして忘れがたく。その時、たくさんの細部――ここに一本の線、あそこにもう一本の線といった――の焦点が、ほんの一瞬、かちっと合わさる。そうして人はやっと、初めからずっとそこにあった言葉を読み取れるようになる。

このような瞬間は予想だにせず訪れるものの、それはある法――その働きはぼんやりとではあるが理解できる――によって支配されているようにも思える。私の場合こうした瞬間は、前にも触れたように戸外で眠りから覚めるとき、夢うつつのまま水の流れを見つめその歌声を聴いているときに、とりわけ頻繁に訪れる。しかし何よりも、何時間も歩き続けたあとによく訪れる。歩行が生み出すリズムが長時間にわたって持続すると、この運動は単に頭で認識されるものではなくなり、存在の「ぶれない中心」として感じられるようになる。同様のことがヨガ行者のコントロールされた呼吸にも起こっているように思う。こうして何時間も歩くと、諸感覚は調律され、歩くうちに肉体は透明になっていく。しかし、「透明」にせよ「空気のように軽く」にせよ、こうした比喩はどれも適当ではない。この時、肉体は無視されるどころか、最高のものとなる。肉体は消されるのではなく、満たされていく。人は肉体と共にある。人は肉体なくしてありえないのだから。

それゆえ、「存在する」とは何かという問いの答えに私がもっとも近づくのは、肉体が最高の能力を発揮できるよう調律され、深い調和を奏でるまで統制されてトランスにも似た状態へと深められるときなのだ。私は歩き、肉体から抜け出て山の懐に入る。そして、私は山の全てなる生のひとつの現れとなる。星の瞬《また》きにも似たユキノシタや、白い翼を持つライチョウがそうであるように。

こうして、私は探しに出たものを見つけたのだ。私は純粋な愛からこの旅に出た。この旅は子ども時代に始まったといえる。スコーラン・ドゥ背後の小峡谷《ガリー》を染める、心揺さぶる菫《すみれ》色をモナリアス山群の肩からよく眺めたものだ。この光景はよく夢に現れた。ふわりと漂う、今にも触れることができそうな群青色を纏った小渓谷が、生涯私を山に縛りつけた。当時の私にとって、ケアンゴームの山々に登ることはふつうの人間ではなく、英雄が成し遂げる伝説的偉業だった。もちろん、子どもにできることではなかった。あの十月の日、大雪が降ったあとの、青く、冷たく、光り輝く日、ロッホ・アニーラン頭上にそびえるクレッグ・ドゥに逸《はや》る胸の内をおさえながらひとり登ったことは、その時でさえ途方もないことだった。私はリンゴを盗みにいく子どもみたいに、びくびくと後ろを振り返りながら登った。ケアンゴームは禁じられた領域で、クレッグ・ドゥが、そこにもっとも近づける場所だったのだ。私はうっとりとした興奮状態にあった。しかし、やっとのことで最後の斜面を登り、グレン・イーニッヒの上に出たときには、まだどの程度この禁じられた山々に近づいているのかわからなかった。上に出たところで、氷のように冷たい空気を大きく吸い込んだ——私は自分を抑えることができなかった。小躍りし、声を上げて笑い、そして叫んだ。プラトーが、余すところなくそこにあった。それは白く輝き、指を伸ばせば届きそうで、しみひとつない清らかなヴィジョンとして、陽光に打たれ、眩暈《めまい》を覚えるような青い空を背にせり上がっていた。私はそこにあるすべてを呑み込もうとした。しかし、今でも呑み干せてはいない。あの時から、私はケアンゴームのものになったのだ。とはいえ、さまざまな事情から、これらの山を登り始めるまでにこの日から何年もかかってしまったのだが。

こうして、経験への旅が始まった。これは、常に楽しむための旅だったし、楽しみを求める以上の動機など持っていなかった。とはいっても、はじめのうちは感覚的な満足だけを求めていたのだ——高さの感覚、動きの感覚、スピード感覚、距離の感覚、奮闘する感覚、安らぐ感覚。それから、肉体的な欲望、視覚的な欲望、人生のプライドを。私が興味を持っていたのは、山それ自体に対してではなく、山が私に与える影響のほうだった。ちょうど、子猫が人の足に体を擦り寄せるとき、それは人を愛撫するためではなく、人が履いているズボンで自分を愛撫するためであるように。しかし私も歳をとり、自分を満足させたいという思いが薄れてくると、それ自体としての山を見出し始めた。すべてが私にとって素晴らしいものとなった――山の形、山の色、山の水や岩、花や鳥そのすべてが。このプロセスには何年もかかったし、まだ完了もしていない。もう一つ、もう一つと知ることに終わりはない。こうしたものについての経験が、岩や花や鳥たちの存在を深めていくということを発見した。知の対象は、知るほどに育ってゆく。

なぜ仏教徒が山に巡礼に行くのか、今は少し理解できる気がする。巡礼の旅それ自体が、神を探求する手段のひとつなのだ。それは「存在」への旅。なぜなら、山の生の中へより深く入っていくにつれ、私もまた、自分自身の生の中へと入っていくから。一時間ほどのあいだ、私は欲望を超越する。これはエクスタシーではない。つまり、人間を神のように錯覚させてしまう、自己からの離脱ではない。私は自分自身から抜け出るのではなく、自分自身の中にある。私は在《あ》る。「存在」を知ること――これこそが山から与えられる究極の恩寵なのだ。

訳注

序

1　ケアンゴーム（The Cairngorms）はスコットランド北東部にある山群地帯。The Cairngorm Mountains や the Cairngorm massif とも呼ばれる。場合によって、「ケアンゴーム山群」や「ケアンゴーム山塊」とも訳出した。二〇〇三年より、山塊部を含む一帯の地域はスコットランドの国立公園、The Cairngorms National Park となっている。

2　アヴィモア（Aviemore）はケアンゴームの北に位置する町。（地図⑤）

3　本作においてシェパードは時折スコッツ語を挟み、その語をイタリックにしている。その際は訳語に、原文にあるスコッツ語の読みをルビで振った。また会話文ではイタリック表記になっていないスコッツ語があるが、これもルビを振ったところがある。スコッツ語は、古英語から分岐・発展していった言語で、英語と同じゲルマン語派に属する。ちなみに、スコットランドでは英語とスコッツ語のほか、ケルト語派に属するスコットランド・ゲール語（Scottish Gaelic）も用いられる。なおスコッツ語の語義に関しては、ウェブサイト Dictionaries of the Scots Language (https://dsl.ac.uk/) を参照した。これは十巻本の *The Scottish National Dictionary* と十二巻本の *A Dictionary of the Older Scottish Tongue* を電子化して合体させたものである。

4　Cairn Gorm. 最高地点一二四四メートル（地図⑩）。ケアンゴーム山群の名前はこの山からとられている。山群の名前と区別するため、「ケアン・ゴーム山」と訳出した。ケアン（cairn）はゲール語で石の山の意味。

5　heather. スコットランドでツツジ科（*Ericacae*）の植物を指す。詳しくは、「七、いのち——植物」における叙述と訳注11—14を参照。

6　ケアンゴーム・クラブ（Cairngorm Club）は一八八七年創設の登山クラブ。一九五〇年、ケアンゴームの南に位置する村、インヴェレイ（Inverey, 地図㉝）のミュア・オブ・インヴェレイ（Muir of Inverey）と呼ばれるコテージを借り受けて改装し、クラブ専用の小屋とした。一九七二年にはここを買い取り、さらに改装・増築を施した。

7　グレンモア（Glenmore）はケアンゴームの北に広がる森林地帯で、ここにあるグレンモア・ロッジ（Glenmore Lodge）という施設が一九四八年からアウトドア技術のトレーニングを始めた。グレン（glen）はゲール語で谷の意味。

8　ラリグ・グルー（Lairig Ghru）はケアンゴームを南北に抜ける谷（地図⑬）。ラリグ（lairig）はゲール語で峠道の意味。

9　一九五二年、スウェーデンのサーミ（北欧の少数民族）であるミケル・ウツィ（Mikel Utsi）が、ケアンゴームの風土がトナカイ（reindeer）の生育条件に合うと判断し、試験的にトナカイを持ち込んだ。二〇二二年現在、The Cairngorm Reindeer Herd が一五〇頭余りのトナカイを管理している。

10　自然管理委員会（Nature Conservancy Council）は一九七三年に設立された英国の政府機関。一九九一年に発展的解消をし、スコットランド部門はスコットランド田園委員会（Countryside Commission for Scotland）と合体してスコットランド自然遺産（Scottish Natural Heritage）となった。現在の名称は、ネイチャースコット（NatureScot）。

11　一九九六年版（*The Grampian Quartet* 所収）以降、ミスプリントで 'the located'（発見された人たち）となっているが、初版である一九七七年版の 'the lost located'（遭難した人たちは発見され）が正しい。

12 ニール・ガン（Neil Miller Gunn, 1891-1973）は、ケイスネス（「一、プラトー」訳注12参照）出身のスコットランド人作家。

一、プラトー

1 プラトー（plateau）は「高原」や「台地」と訳されることが多いが、「高原」という日本語は穏やかな草原のイメージが強く、植生もまばらで荒涼としたケアンゴームの頂上部にそぐわないため、本書では「プラトー」という表記を用いた。

2 氷帽（ice cap）とは、陸地を覆う五万平方キロメートル未満の氷河の塊。氷冠または冠氷ともいう。

3 一マイルは約一・六キロメートル。他に本書で使われている単位として、ヤード（一ヤード＝約九十一センチ）、フィート（一フィート＝約三十センチ）、インチ（一インチ＝約二・五センチ）がある。これらを単位とした数値には、メートル法に換算した数値を［ ］に入れて付記した。

4 Ben MacDhui (Ben MacDui).（地図㉑）最高地点一三〇九メートル。ben はゲール語で山の意味。スコットランドの地名の綴りには様々なヴァリエーションがある。本訳注では、シェパードが原本で使用している綴りを記し、そのあとに、英国の陸地測量局（Ordnance Survey）が現在の地図表記において使用している綴りを括弧に入れて付記する。ただし、綴りが同じであれば付記はしない。

5 Braeriach.（地図⑰）最高地点一二九六メートル。

6 Ben Nevis. 最高地点一三四五メートル。スコットランド西部に位置する、英国最高峰の山。

7 sedge. 学名（属名）*Carex*, 和名スゲ（属）。動植物について本訳注では、原本で使用している語をまず記し、学名および和名（該当する和名がある場合）を付した。また、該当する和名がない場合、和名に馴染みがなかったりスコットランドの雰囲気とそぐわなかったりする場合は、原文の語をカタカナにするなどした。

8　Silene. 学名（属名）*Silene.* 和名マンテマ（属）。

9　moss campion. または cushion pink とも。学名 *Silene acaulis.* 和名コケナデシコまたはコケマンテマ。

10　dotterel. 学名 *Charadius morinellus.* 和名コバシチドリ。

11　ptarmigan. 学名 *Lagopus muta.* 和名ライチョウ。

12　Caithness. スコットランド北東端の州。

13　Morven. 最高地点七〇六メートル。

14　The Lammermuirs. スコットランド南東部の丘陵地帯。最高地点五二八メートル。

15　Morar. スコットランド西岸の町、モーラーにある低山。最高地点八十四メートル。

16　River Avon.（地図⑦）。

17　blackbird. 学名 *Turdus merula.* 和名クロウタドリ。

18　アイルランドの逸話に、聖ケヴィン（St Kevin）が天へと差し出した祈りの手にクロウタドリが止まると、彼は鳥が巣を作ってひなが成長するまでじっと手を動かさずにいた、というものがあるが、そのことか。

19　'Water of A'n, ye rin sae clear / 'Twad beguile a man of a hundred year.' この言い伝えは例えば、Walter Gregor の *Notes on the Folk-Lore of the North-East of Scotland* (London: Elliot Stock, 1881) に載っている（一〇三頁）。

20　birch. 学名（属名）*Betula.* 和名カバノキ（属）。

21　Garbh Choire (An Garbh Choire). coire はゲール語で圏谷の意（地図㉔）。

22　Lairig Pools. 後にも度々登場する、ラリグ・グルーにある Pools of Dee のこと（地図⑲）。

23　The Dee.（地図㉜）。ディー川は、ディーの泉（地図⑱）から生まれ、ディーの滝（Falls of Dee）となってガーヴ・コーラ（地図㉔）へ流れ落ち、ディーの池（地図⑲）からの流れと合流して南へと流れる。その後東へ向きを変え、アバディーンへと流れていく。

24　The Derry. ロッホ・エチャハン（地図⑳）から流れるエチャハン川などから水を得て南に流れる川。デリーロッジ（地図㉗）のあたりでルイベグ川（Luibeg Burn）と合流しルイ川（Lui Water）となる。

25　The Beinnie (Am Beanaidh). ロッホ・イーニッヒ（地図⑯）から北へ流れる川。

26　The Allt Druie (Allt Druidh). ラリグ・グルー（地図⑬）から北に流れる川。allt はゲール語で川の意味。

27　原文の 'elementals' をこう訳した。古代ギリシャ・ローマで、世界の物質を構成するのは四つの元素、すなわち地（または土）・水・火・風（または空気）だと考えられた。これを四元素（the four elements）と呼ぶ（「地水火風」を表す仏教用語「四大」を用いて「四大」や「四大元素」とも訳される）。また、のちにはその各元素に棲む霊的な力として elemental という存在が考えられた。『いきている山』においてシェパードは、地水火風のもつ計り知れない力のことを elemental と呼んでいるようだ。

28　おそらく Henry Alexander 著 *The Cairngorms* のこと。一八八九年設立の Scottish Mountaineering Club が出している一連の District Guide Books の一冊。『いきている山』執筆以前の代表的なケアンゴームのガイドブックで、初版は一九二八年、第二版が一九三八年。様々な登攀記録も掲載している。

29　*Cairngorm Club Journal*. 前出のケアンゴーム・クラブ（「序」訳注6）が一八九三年に創刊した機関誌。

30　George Skene Keith (1752–1823) はアバディーン州生まれの牧師。シェパードは書名を略記しているが、彼の主著の正確な書名は *General View of the Agriculture of Aberdeenshire* (1811)。

31　The Dee cataract. Falls of Dee のこと。訳注23参照。

32　William MacGillivray (1796–1852) はアバディーン生まれの博物学者、鳥類学者。シェパードはここでも書名を一部省略していて、正確には *Natural History of Deeside and Braemar* (1855)。

33　スコッツ語およびその本書におけるルビ表記については「序」訳注3を参照のこと。直前にある、「浮かれた」（アブン ヒムセル［原語 abune himsel］）もスコッツ語。
34　ダンテ・アリギエーリ『神曲』「煉獄篇」第四歌八八―九〇行。
35　アルデンヌはベルギー南東部、ルクセンブルク、フランスにまたがる地域。ベルギー南東部に洞窟群「アンの洞窟（Grottes de Han）」がある。

二、奥地

1　Coire an Lochain. ブレーリアッハ（地図⑰）北面にある三つの圏谷の一つ。lochain はゲール語で小さな湖の意味。
2　Loch Coire an Lochain. コーラ・アン・ロッハンにある湖（地図⑫）。loch はゲール語で湖の意味。
3　Loch Avon.（地図⑭）
4　Loch Etchachan.（地図⑳）
5　The Spey.（地図②）
6　Loch Morlich.（地図⑨）
7　Inchrory. ロッホ・アーン（地図⑭）から東へ流れるアーン川が他の川と合流して北に向きを変えるあたりにある狩猟小屋。
8　Strathnethy (Strath Nethy). ロッホ・アーンの北側に伸びる谷。
9　Glen Derry. ロッホ・アーンの南側に伸びる谷。デリー川が流れる。
10　Barns of Bynack. ストラスネシーの東側の山、バイナック・モア（「三、山群」訳注4参照）の山腹にある巨大な岩塊。
11　The Caiplich (Water of Caiplich). ロッホ・アーンの北東に流れる川。

12　The Shelter Stone. ロッホ・アーン湖岸にある巨岩。岩の下に大きな隙間があり、自然のシェルターになっている。
13　ロッホ・アーンのこと。
14　The Saddle. ロッホ・アーンに近い、ケアン・ゴーム山とアホニャッハ山（A'Choinneach）の間にあるコル（鞍部）。英語原文の補足が必要と思われた箇所は、このように（　）で付記した。
15　Glen Quoich. コイッヒ川（地図㉙）の流れる谷。
16　adder. 学名 *Vipera berus*. 和名ヨーロッパクサリヘビ。
17　英国ロマン派の詩人ジョン・キーツ（John Keats, 1795-1821）の、友人ベンジャミン・ベイリーにあてた手紙（一八一七年十一月二十二日付）にある、「思考の生よりも感覚の生を！（O for a Life of Sensations rather than of Thoughts!)」への言及。

三、山群

1　Coire Etchachan. ロッホ・エチャハン（地図⑳）の東にある圏谷。
2　Deeside. ディー川（地図㉜）沿いの地域。
3　The Monadhliaths. ケアンゴームの北側、スペイ川（地図②）の北に広がる山群。
4　Ben Bynack. 現在ではバイナック・モア（Bynack More）と呼ばれる。最高地点一〇九〇メートル。「二、奥地」訳注10参照。
5　十九世紀後期から二〇世紀初めにかけてみられた建築様式の一つ。英国女王 Queen Anne（在位一七〇二―一四年）の時代の復古様式にちなむ。
6　Sgòran Dubh (Sgòran Dubh Mòr). 最高地点一一一一メートル。次注にある Sgor Gaoith と並ぶようにしてロッホ・イーニッヒ（地図⑯）の西にそそり立つ。
7 Sgor Gaoith (Sgòr Gaoith). 最高地点一一一八メートル。
8 The Einich valley. 後出の Glen Einich (Gleann Eanaich) に同じ。ロッホ・イーニッヒ（地図⑯）から北に伸びる谷。ベニー川（「一、プラトー」訳注25）が流れる。
9 Lochnagar. ケアンゴーム山塊の南、ディー川（地図㉜）の南、ブレマー（地図㉚）の南東に立つ山。最高地点一一五五メートル。
10 The Glen Lyon Mountains. ケアンゴームの南西にある山岳地帯。グレン・ライアン（Glen Lyon）の谷の両側に山々が並ぶ。
11 Ben Lawers（最高地点一二一四メートル）と Schiehallion（最高地点一〇八三メートル）は、グレン・ライアンを挟んで並ぶ山。
12 Gael Charn. Geal-charn Mòr のこと。最高地点八二四メートル。スペイ川（地図②）の北にある山。
13 Lower Deeside. ディー川（地図㉜）下流地域を指すが、どこから Lower がつくか、明確な境界線はない。
14 Ben Avon.（地図㉓）最高地点一一七一メートル。
15 Ben a' Bhuird (Beinn a' Bhuird).（地図㉒）最高地点一一九七メートル。
16 The Dee valley. ディー川の流れる谷。
17 Cairntoul (Cairn Toul).（地図㉕）最高地点一二九一メートル。
18 Glas Maol. ブレマー（地図㉚）の南約十五キロにある山。最高地点一〇六八メートル。
19 Glen Ey. インヴェレイ（地図㉝）あたりから南に伸びる谷。
20 Ben Ouran (Beinn Iutharn). ベン・ウーランは大小二つの山が隣り合っていて、小さい方のベン・ウーラン・ベック（Beinn Iutharn Bheag）は九五三メートル、大きい方のベン・ウーラン・モア（Beinn Iutharn Mhòr）は一〇四五メートル。

21 原文は 'this stream' で、ここではアイ谷を流れるアイ川（Ey Burn）のこと。

22 Devil's Point. ケアントゥールのすぐ南にある山。最高地点一〇〇四メートル。

23 Cairngorm of Derry (Derry Cairngorm). ベン・マクドゥーイ（地図㉑）のすぐ東にある山。最高地点一一五五メートル。

24 Braes of Abernethy. ケアンゴーム山群北東部にある地域。

25 Stac Iolaire (Stac na h-Iolaire). ケアン・ゴーム山（地図⑩）の北四キロほどに位置する山。最高地点七四三メートル。

26 Loch an Uaine (Lochan Uaine).（地図⑥）

27 ハイレリーフ（high-relief, 高浮き彫り）は、少し彫り込んだだけのほぼ平らなローレリーフ（low-relief, 浅浮き彫り）に対し、彫刻並みに立体感のある浮き彫りのこと。

四、水

1 March Burn.

2 Pools of Dee.（地図⑲）

3 The Quoich (Quoich Water).（地図㉙）

4 Ryvoan. ライヴォーンの「緑の湖」は地図⑥の Loch an Uaine のこと。ライヴォーンはこの湖岸を通って東西に走る小道。

5 Dubh Loch (Dubh Lochan). 地図㉖のドゥ・ロッホ。ロッホはベン・ア・ヴアード（地図㉒）の圏谷の一つが抱く湖。

6 The Little Lairig. Lairig an Laoigh のこと。ロッホ・アーン（地図⑭）の南東を南北に走る谷。

7 The Etchachan (Coire Etchachan Burn). ロッホ・エチャハン（地図⑳）から流れる川。

8 River Till はイングランド北東部、スコットランドとの国境近くに流れる川で、ツイード川（River Tweed）に流れ込む。古い歌に、"Tweed said to Till / "What gars ye rin sae stil?" / Says Till to Tweed, / "Though ye rin wi' speed / And I rin slaw /Yet where ye drown ae man /I drown twa"（ツイードがティルに言ったとさ／「なんでお前はそんなにも静かに流れて行くのかね」／ティルはツイードに答えたさ／「あんたは素早く流れるが／あたしはゆっくり流れるの／あんたは一人を溺れさせ／あたしは二人を溺れさす」）と歌われる。

五、氷と雪

1 The Slugain valley. Gleann an t-Slugain のこと。スルーガン川（地図㉛）が流れる。

2 Braemar. ケアンゴームの南に位置する村。（地図㉚）

3 Morrone. 最高地点八五九メートル。（地図㉞）

4 fir. 学名（属名）*Abies*. 和名モミ（属）。

5 grouse. grouse には red grouse, black grouse, capercaillie, ptarmigan がいるが、ここでは red grouse（学名 *Lagopus lagopus*）のこと。*Lagopus lagopus* の和名はカラフトライチョウだが、ここでは「樺太」の語感を避けて「アカライチョウ」と訳した。

6 eagle. ケアンゴームにおいては、golden eagle（学名 *Aquila chrysaetos*. 和名イヌワシ）のこと。

7 coal-tit. 学名 *Periparus ater*. 和名ヒガラ。

8 dipper. または white-throated dipper, European dipper. 学名 *Cinclus cinclus*. 和名ムナジロカワガラス。

9 hare. ケアンゴームにおいては mountain hare のこと。snow hare とも呼ばれる。学名 *Lepus timidus*. 和名ユキウサギ。

10　plover. ケアンゴームにおいてはgolden ploverのこと。European golden ploverとも呼ばれる。学名*Pluvialis apricaria*. 和名ヨーロッパムナグロ。ここでは簡約に、「ムナグロ」と訳した。

11　red deer. 学名*Cerus elaphus*. 和名アカシカ。

12　roe. またはroe deer. 学名*Capreolus capreolus*. 和名ノロ、またはノロジカ。

13　The Slugain. Gleann an t-Slugainを流れるAllt an t-Slugainのこと。（地図㉛）

14　Prince of Wales Feathers. 英国の皇太子に与えられる称号の一つである「プリンス・オブ・ウェールズ」の徽章。三枚のダチョウの羽で構成される。

15　Alison Hay Dunlopの*Anent Old Edinburgh: and Some of the Worthies Who Walked Its Streets: with Other Papers* (Edinburgh: R. & H. Somerville, 1890)のなかで、十八世紀、英国王に対する蜂起の影響で損傷の激しい教会である牧師が説教をしたが、その帽子は吹き込む雪で白くなった、という逸話が紹介されている——'...so insufficient were the walls and roof that the minister's head-gear was covered with a "thin glaister o' sifted snaw!"'（三七—三八頁）。'glaister'は'a sprinkling, a thin covering, of snow or ice'の意。

16　blaeberry. bilberryとも呼ばれる。学名*Vaccinium mytillus*, 和名ビルベリー。

17　この空軍機は、一九四五年一月十日にスコットランド北東部の基地を飛び立った後に消息を絶った。同年八月十九日になってようやく、登山者によってその残骸が発見された。

18　Abernethy. ケアン・ゴーム山（地図⑩）の北十三キロメートルほどにある森林地帯。

19　Dorback.

20　Coire Cas. ケアン・ゴーム山北側の圏谷の一つ。

21　ウィリアム・シェイクスピア『真夏の夜の夢』一幕一場、一四九行。

六、空気と光

1 field gentian. 学名 *Gentianella campestris*. 青みがかった紫色の花冠の内側が房毛状になっている。和名該当なし。リンドウ科（*Gentianaceae*）に属しているが、日本のリンドウは *Gentiana scabra* で、別の種である。
2 delphinium. 学名（属名）*Delphinium*. 和名デルフィニウム（属）。
3 Loch Einich (Loch Eanaich).（地図⑯）
4 Vandyke lace. V字形で、縁が深いぎざぎざになったレース編み。フランドル出身の画家ヴァン・ダイク（Anthony van Dyck, 1599–1641）の描く肖像画によく見られる飾り襟にちなむ。
5 Beinnie Coire (Coire Beanaidh). ブレーリアッハ（地図⑰）北側の圏谷の一つ。
6 St John's Wort. 学名 *Hypericum perforatum*. 和名セイヨウオトギリソウ。
7 Silver Bough. 例えばアイルランド神話の「ブランの航海」には、他界である常春の国からもたらされた、白い花をつけた銀の枝が登場する。
8 スコッツ語で「稲妻」のこと。
9 ホワイトウェル（Whitewell）もアッパー・タロッフグルー（Upper Tullochgrue）もケアンゴームの北に位置するロシーマーカス（Rothiemurchus）の森のなかにある地区。アッパー・タロッフグルーの北にロウアー・タロッフグルー（Lower Tullochgrue）がある。

七、いのち——植物

1 alpine veronica. 学名 *Veronica alpine*. 和名ヒメルリトラノオ。
2 Saxifrage. 学名（属名）*Saxifraga* はラテン語で「岩を割る」の意味。和名ユキノシタ（属）。
3 *Stellaris*. 一九九六年版以降 *Stelloris* となっているが、一九七七年の初版では正しく *Stellaris* となっている。学

名 *Saxifraga stellaris*. starry saxifrage とも呼ばれる。和名該当なし。

4　原文では *Azoides* となっているが、*Aizoides* が正しい。学名 *Saxifraga aizoides* のこと。yellow saxifrage とも呼ばれる。和名該当なし。

5　ヘザーがはびこりすぎると他の動植物にも悪影響を与え、山火事が起きた際に被害も甚大になるため、ケアンゴームでは春にヘザーを燃やしてより良い環境を整えている。

6　birdsfoot trefoil. または bird's-foot trefoil. 学名 *Lotus corniculatus*. 和名セイヨウミヤコグサ。

7　tormentil. 学名（属名）*Potentilla*. 和名キジムシロ（属）。ケアンゴームに見られる種は *Potentilla erecta*. 和名該当なし。

8　genista. 学名（属名）*Genista*. 和名ヒトツバエニシダ。

9　alpine lady's mantle. 学名 *Alchemilla alpina*. 和名該当なし。

10　蜂の生育に不向きなスコットランドの高地では蠅が受粉を助けている。

11　Erica. 学名（属名）*Erica*. 和名エリカ（属）。

12　ling. 学名 *Calluna vulgaris*. 和名ギョリュウモドキ。common heather とも呼ばれる。

13　bell heather. 学名 *Erica cinerea*. 和名該当なし。

14　cross-leaved heath. 学名は *Erica tetralix*. 和名該当なし。

15　pine. 学名（属名）*Pinus*. 和名マツ（属）。ここではヨーロッパアカマツ（英語名 Scots pine, 学名 *Pinus sylvestris*）のこと。

16　spruce. 学名（属名）*Picea*. 和名トウヒ（属）。

17　bog myrtle. 学名 *Myrica gale*. 和名セイヨウヤチヤナギ。

18　cotton grass. 学名（属名）*Eriophorum*. 和名ワタスゲ（属）。

19 sundew. 学名（属名）*Drosera.* 和名モウセンゴケ（属）。

20 bog asphodel. 学名 *Narthecium ossifragum.* 和名該当なし。

21 spotted orchis. または heath spotted-orchid. 学名 *Dactylorhiza maculata*（異名に *Orchis maculate*［=spotted orchis の意］）、和名該当なし。

22 wild thyme. 学名 *Thymus serpyllum.* 和名セルピムソウ。

23 juniper. 学名（属名）*Juniperus.* 和名ビャクシン（属）。

24 larch. 学名（属名）*Larix.* 和名カラマツ（属）。

25 春が近づき気温が上がると、冬のあいだ根に貯蔵されていた樹液が、新芽を出すべく枝へと運ばれる。効能のあるカバの樹液は、冬の終わりから春にかけて採取される。

26 rowan. 学名（属名）*Sorbus.* 和名ナナカマド（属）。

27 ナナカマドは quicken tree とも呼ばれる。quick の語源は「生き生きした、生きている」の意味。ナナカマドには魔除けの力があるとされている。

28 bracken. 学名（属名）*Pteridium aquilinum.* 和名ワラビ（属）。

29 cranberry. 学名 *Vaccinium oxycoccos.* 和名ツルコケモモ。小果実の感じが出るように「クランベリー」と訳出した。

30 crowberry. 学名 *Empetrum nigrum.* 和名ガンコウラン。「クランベリー」と同様、「クロウベリー」と訳出。

31 Rothiemurchus.「六、空気と光」訳注9を見よ。

32 Caledonian forest. かつてスコットランドの広範囲に広がっていた森（「カレドニア」はローマ人によるスコットランドの呼び名）。気候の変化と人為により、現在はスペイ川（地図②）やディー川（地図㉜）の流域部などにその名残りをとどめる。森の主要な木はヨーロッパアカマツ。

33 Ballochbuie. ケアンゴームの南、ブレマー村（地図㉚）近辺の森。伐採によって失われつつあったヨーロッパアカマツの保全のためにヴィクトリア女王が一八七八年にこの一帯を購入した。
34 Loch an Eilein.（地図⑧）
35 Scots fir. Scots pine の古い呼び名。訳注15参照。
36 エリザベス・グラント（Elizabeth Grant, 1797-1885）はエディンバラに生まれたが、子供時代をグラント家の地所であるロシーマーカスで過ごした。『ハイランドの婦人の回想』（*Memoirs of a Highland Lady*）は、もともと自分の娘たちに向けて一八四五年から一八五四年にかけて書かれた私的な回想録だったが、一八九八年に死後出版され、人気を博した。
37 Fochabers. ケアンゴームの北、スペイ川下流の海に近い村。
38 Garmouth. フォッホバーズからさらに下流、スペイ川河口の村。
39 crested tit. 学名 *Lophophanes cristatus.* 和名カンムリガラ。
40 Carn Elrig (Carn Eilrig). ロシーマーカスの森の南にある山。最高地点七四二メートル。
41 stagmoss. 学名 *Lycopodium clavatum.* 和名ヒカゲノカズラ。
42 eyebright. 学名（属名）*Euphrasia.* 和名コゴメグサ（属）。他の植物に半寄生する。
43 sedum. 学名（属名）*Sedum.* 和名マンネングサ。
44 原文には the smallest willow とあるが、おそらく dwarf willow とも呼ばれる、学名 *Salix herbacea* のこと。和名該当なし。
45 原文には the miniature azalea とあるが、おそらく alpine azalea と呼ばれる、学名 *Loiseleuria procumbens*（和名ミネズオウ）のこと。
46 alpine milk-vetch. 学名 *Astragalus alpinus.* 和名該当なし。
47 burnet moth. 学名（属名）*Zygaena.* 和名該当なし。

48 butterwort. 学名（属名）*Pinguicula.* 和名ムシトリスミレ（属）。

八、いのち――鳥、獣、虫

1 swift. 学名（科名）*Apodidae.* 和名アマツバメ（科）。

2 Observer Corps. 一九二五年に設立された民間の防衛組織。航空機の発見、追跡、報告を目的にした。一九四一年に「王立」の称号がつけられ、Royal Observer Corps となる。一九九六年解散。

3 シートン・ゴードン（Seton Gordon, 1886–1977）はアバディーン生まれの博物学者・民俗学者。イヌワシの生態については著書 *Days with the Golden Eagle* (1927) に詳しい。

4 原文は tit とあるだけ。本作にはヒガラ（coal-tit）とカンムリガラ（crested tit）が登場するが、ケアンゴームにはほかにアオガラ（blue tit）やヨーロッパシジュウカラ（great tit）もみられる。ここでは状況からカンムリガラとした。

5 Merrick. スコットランド南東部のギャロウェイ山地（Galloway Hills）の山（八四三メートル）。ギャロウェイ山地を抱くギャロウェイ森林公園（Galloway Forest Park）は約七七〇平方キロメートル。約二九〇平方キロメートルのケアンゴーム山群よりはるかに広い。ただし、山塊の周囲も含んで国立公園化したケアンゴーム国立公園の面積は約四五三〇平方キロメートル。

6 peregrine falcon. 学名 *Falco peregrinus.* 和名ハヤブサ。

7 snow bunting. 学名 *Plectrophenax nivalis.* 和名ユキホオジロ。

8 milkwort. 学名（属名）*Polygala.* 和名ヒメハギ（属）。

9 stoat. ermine とも呼ばれる。学名 *Mustela erminea.* 和名オコジョ。

10 hoodie. または hooded crow. 学名 *Corvus cornix.* 和名ズキンガラス。

11 wheatear. 学名 *Oenanthe oenanthe.* 和名ハシグロヒタキ。

12 curlew. 学名 *Numenius arquata.* 和名ダイシャクシギ。

13 kestrel. または common kestrel. 学名 *Falco tinnunculus.* 和名チョウゲンボウ。

14 blackcock. または black grouse. 学名 *Lyrurus tetrix.* 和名クロライチョウ。

15 woodcock. 学名 *Scolopax rusticola.* 和名ヤマシギ。

16 dryas. ケアンゴームに生育するのは mountain avens とも呼ばれる種。学名 *Dryas octopetala.* 和名ヨウシュチョウノスケソウ。

17 cornel. dwarf cornel とも呼ばれる。学名 *Cornus suecica.* 和名エゾゴゼンタチバナ。

18 wagtail. 学名（属名）*Motacilla.* 和名セキレイ（属）。ケアンゴームには黄色と灰色をした grey wagtail（学名 *Motacilla cinerea*）と、白黒の pied wagtail（学名 *Motacilla alba*）が生息する。

19 reed bunting. 学名 *Emberiza schoeniclus.* 和名オオジュリン。くちばしの下の左右に白い筋があり、それが法廷弁護士や聖職者のつける bands と呼ばれる垂れ襟に似ている。

20 seagull. 学名（属名）*Larus.* 科名 *Laridae.* 和名カモメ（科）。

21 oyster catcher. または oystercatcher. ケアンゴームに生育するのは Eurasian oystercatcher（学名 *Haematopus ostralegus.* 和名ミヤコドリ）。

22 crossbill. 学名 *Loxia curvirostra.* 和名イスカ。

23 finch. ケアンゴームで見られるのは bullfinch（学名 *Pyrrhula pyrrhula.* 和名ウソ）や chaffinch（学名 *Fringilla coelebs.* 和名ズアオアトリ）など。

24 wren. 学名 *Troglodytes troglodytes.* 和名ミソサザイ。

25 Loch Builg. ベン・アーン（地図㉓）の東にある湖。

26 midge. ケアンゴームに生育するのは highland midge（学名 *Culicoides impunctatus*）と呼ばれるもの。夏に雌が吸血する。

27 slowworm. 学名 *Anguis fragilis*, 和名ヒメアシナシトカゲ。

28 Highland cattle.

九、いのち――人間

1 一九二五年にケアンゴーム・クラブが設置した円盤形の石板。周囲に見える山々を図示している。

2 Ordnance Survey. もともとは軍事目的のために一七九一年に設立された地図作成機関。後述の小屋は The Sappers' Bothy（工兵の小屋）と呼ばれ、その跡が残っている。

3 「痩せた男の息子の湖」は Loch Mhic Ghille-chaoile（ロッホ・イーニッヒの北に横たわる湖）、「靴職人の圏谷」は不詳、「乳搾り女の牧場」は Maghan na Banaraich（ロッホ・アーン西端の岸に広がる平坦地）、「密猟者の崖」は Creag an Lech-choin または Lurcher's Crag（ラリグ・グルーの北東に張り出した崖）。

4 Creag Dhubh. ロッホ・アニーラン（地図⑧）の南約三キロにある山。最高地点八四八メートル。

5 Argyll's Stone（The Argyll Stone または Clach Mhic Cailein［コリンの息子の岩の意］）。一五三九年、第七代アーガイル伯アーチボールド・キャンベル（先代コリン・キャンベルの息子）の率いる軍がカトリックの伯爵たちの軍隊との戦いに敗れ、敗走した際に、この岩のところで小休止したと言われている。

6 Kennapol (Kennapole Hill). ロッホ・アニーラン（地図⑧）のすぐ西にある丘。

7 Cat's Den.

8 Nethy. ケアンゴーム山群の北、アバネシーの森（「五、氷と雪」訳注18）の北端にある村、Nethy Bridge のこと。

9 Thieves' Road.

10　この逸話については不詳。ケアンゴームの位置するハイランド地方では、十八世紀後半に地主が大規模牧羊業を導入し、その邪魔となる住民を大量に移住させた。また、十九世紀には、富裕層のための鹿猟場を作るために住民を立ち退かせてもいる。ここは、こうした新しい事業で不要となる牛などの家畜を立ち退き料がわりにして住民を追い出そうとする地主のことを言っているのかもしれない。

なお、「よく知られた木」の原文は「kent tree」。kent はスコッツ語で、ken（知る）の過去分詞形。または名詞で、溝を越えたり舟を進めたりするのに使われた鉄先のついた長い棒の意味もある。ここでは前者にとった。ただし、この本においてシェパードはスコッツ語をイタリック体にしているのに、この kent はそうしていないので、bent（曲がった）の誤植かもしれない。

11　Lurcher's Crag. 訳注3を参照。

12　Derry Lodge. デリー川下流にある狩猟小屋（地図㉗）。「一、プラトー」訳注24も参照のこと。

13　capercaillie（原文は誤植で capercailzie となっている）. 学名 *Tetrao urogallus*, 和名ヨーロッパオオライチョウ。

14　wild cat. または Scottish wildcat. 学名 *Felis silvestris.* 和名ヨーロッパヤマネコ。

15　新約聖書の「マタイによる福音書」五章二十七―二十八節「あなたがたも聞いているとおり、『姦淫するな』と命じられている。しかし、私は言っておく。情欲を抱いて女を見る者は誰でも、すでに心の中で姦淫を犯したのである」（聖書協会共同訳）への言及。

16　William Ewart Gladstone (1809–1898). 英国の自由党の政治家で、首相を四度務めた（一八六八―一八七四年、一八八〇―一八八五年、一八八六年、一八九二―一八九四年）。

17　porridge. オーツ麦の挽き割り（オートミール）をおかゆにしたもの。朝食用。オーツ麦は寒冷地でも育ち、スコットランドの伝統的な主食穀物となっている。

18　「インチの戦い」は、一三九六年、スコットランド中部のパース（Perth）のインチ（Inch）で行われたとされる部族間の戦い「北インチの戦い（The Battle of the North Inch）」のこと。一説によれば、この戦いで生き残ったショー・モール（Shaw Mor）の墓がロシーマーカスの墓地にあり、その墓には五つの円盤型の石が載せてあった。ファーカー・ショー（Farquhar Shaw）は、十八世紀のスコットランドの兵士で、時代が異なる。有能な兵士だったが、一七四三年に脱走兵として処刑された。しかし一八七〇年ごろ、このファーカー・ショーの兄弟の孫を名乗るアメリカ人が、ショー・モールの名前がファーカー・ショーに入れ替わった新しい墓石を設置してしまったという。シェパードは、明らかにこのことについて知らないようだ。

19 ミゲル・デ・セルバンテス『ドン・キホーテ』第二巻、三十三章からの引用。

十、眠り

1 Coire Brochain (Coire Bhrochain). ブレーリアッハ（地図⑰）南側の圏谷の一つ。

2 snipe. 学名 *Gallinago gallinago*. 和名タシギ。タシギは求愛行動の一つとして、降下しながら尾羽を振動させて連続的な打音を立てる。

十一、感覚

1 tawny owl. 学名 *Strix aluco*. 和名モリフクロウ。

2 wild free-born cranberries. クリスティナ・ロゼッティ（Christina Rossetti, 1830–1894）の物語詩 *Goblin Market* からの引用。冒頭部で、小鬼《ゴブリン》たちが主人公の少女たちに歌いながら様々な果実を売ろうとする。'Come buy our orchard fruits, / Come buy, come buy: / Apples and quinces, / Lemons and oranges / … / Swart-headed mulberries, / Wild free-born cranberries…'（三―一一行）。

3 cloudberry. スコットランドではavern（averinやaveranなどの綴りもあり）とも呼ばれる。学名 *Rubus*

chamaemorus. 和名ホロムイイチゴ。

4　ベン・ア・ヴアード（地図㉒）の東の圏谷、コーラ・アン・ドゥ・ロッハン（Coire an Dubh-lochain）のこと。「ロッホ・ドゥ」は「四、水」にも出てきたドゥ・ロッホのこと。「四、水」訳注5参照。

5　英国の詩人ジェラード・マンリ・ホプキンズ（Gerard Manley Hopkins, 1844–1889）の詩 'I Must Hunt Down the Prize' の三―四行目。一部変更してある。詩の第一連は、'I must hunt down the prize / Where my heart lists. / Must see the eagle's bulk, render'd in mists, / Hang of a treble size.'

6　近代になって山岳美が見出される以前、山は神が造った調和ある世界にとって不快な突起物、「いぼ」や「あばた」と見なされていた。この山岳観の変化については、Marjorie Hope Nicolson, *Mountain Gloom and Mountain Glory: The Development of the Aesthetics of the Infinite* (Cornell University Press, 1959)（邦訳、M・H・ニコルソン『暗い山と栄光の山』小黒和子訳、図書刊行会、一九八九年）に詳しい。

7　ジーニー・ディーンズ（Jeanie Deans）は、スコットランドの作家、ウォルター・スコット（Walter Scott, 1771–1832）による一七三〇年代のエディンバラを舞台にした小説『ミドロジアンの心臓』（*The Heart of Midlothian*, 1818）の主人公。死刑宣告を受けた妹を救うため、国王による恩赦を願い出るべく徒歩でロンドンへ向かう。裸足で歩くことは彼女にとって普通であったが、イングランド北部のダラムあたりに来ると、人目につくようになったので、妥協して靴を履き、旅を続ける。

我歩く、ゆえに我あり——二〇一一年版序文

ロバート・マクファーレン

スコットランド北東部のケアンゴーム山群は、英国の北極だ。冬には、時速一七〇マイル［時速約二七二キロ］に達する嵐が山の上で吹き荒れ、雪崩が斜面を削り、山頂の上空ではオーロラが緑に赤に揺らめく。真夏でさえ、もっとも深い圏谷のいくつかには雪が残り、時間をかけて氷へと焼結していく。一年を通じて風が吹き荒ぶため、プラトーには、完全に生長しても高さ六インチにしかならない盆栽のようなマツが這い、岩にへばりつくジュニパーの茂みが、密に編まれたドワーフの森を作っている。数あるスコットランドの大河の二つ、ディー川とアーン川がここに水源を持つ。雨として降った水は、岩に濾過され、私が見た中でもっとも透明な水となって溜まり、それから海に向かって徐々に力を増しながら走ってゆく。この山群地帯そのものは、マグマの塊が侵食されて残ったものだ。デボン紀に地殻を破って持ち上がったマグマの塊が冷えて花崗岩となり、とりまいていた結晶片岩と片麻岩から現れ出たのである。ケアンゴームはかつて、今日《こんにち》のアルプスよりも高かったが、何百万年も経つうちに侵食作用を受け、鯨の背中のような山々と打ち砕かれた崖でできた、比較的高度の低い荒れ地とな

った。火から生まれ、氷に削られ、風と水と雪によって精巧に仕上げられた山塊。これが、ケアンゴームについて書かれたこの薄い背表紙の傑作において、ナン・シェパードが「自然の霊力（the elementals）」と呼んだものによって形作られた場所だ。

アナ（ナン）・シェパードは一八九三年にアバディーン近郊で生まれ、一九八一年に同地で亡くなった。その長い人生のなかで、彼女は何百日も何千マイルもケアンゴームを徒歩で探索して過ごした。シェパードの作家としての名声は、主に三編のモダニズム小説――『クウォリウッド（*The Quarry Wood*）』、『ウェザーハウス（*The Weatherhouse*）』、『グランピアンの峠（*A Pass in the Grampians*）』――によっている。しかし私にとって、彼女のもっとも重要な散文作品は、近年までもっとも知名度の低かった『いきている山（*The Living Mountain*）』だ。本作は、第二次世界大戦末期の数年に執筆された。

シェパードは最良の地方主義者だった。彼女は自分の選んだ場所を親密に知るようになったが、その親密さは彼女のヴィジョンを狭めるのではなく、強める助けとなった。彼女は慎ましい中流階級の家庭で育ち、慎ましやかな地方の暮らしを送った。アバディーン女子高等学校に通い、アバディーン大学を一九一五年に卒業、その後の四十一年間、英文学講師として現在のアバディーン教員養成学校で教鞭を執った（シェパードはそこでの自分の教師としての役割を、「私たちの学校を卒業していく学生のうちほんの少数でもいいから、世間が認める型にはすんなりとはまらない人間を育てる、という天から与えられた仕事」だと皮肉たっぷりに述べている）[1]。彼女は、ノルウェー、フランス、イタリア、ギリシャ、南アフリカなど広く旅をしたが、暮らしたのはディー川沿いの地区であるディーサイドの北、ウエスト・カルツの村だけだった。ウエスト・カルツからほんの数マイルのところでその麓の丘陵地帯が始まるケアンゴームこそが、彼女にとって中核となる地だった。シェパードは四季を通じて、夜明けに、日中に、日暮れに、夜に、ケアンゴームの山々に分け入っては出てきた。時に一人で、時には友人たちや学生たちと、またはディーサイド・フィールド・クラブ[2]の仲間たちと歩いた。真に山を愛するすべての人々と同様、彼女も海抜ゼロメートルで長く過ごしていると、高山病ならぬ低地病を発症した。

シェパードは幼い頃から、人生に貪欲だった。彼女は人生を大いに、しかし静かに味わいながら生きたようだ。母親の膝に載せられた、まだよちよち歩きの頃の自分の写真について、友人に手紙を書いている――「もう動いてばかり。手も足も振り回して、人生を摑もうと求めているみたい。その手足、きっと写真を見ているそばから動き出すわよ」[3]。知性の面では、彼女はかつてコールリッジ[4]が「図書館の鵜《う》」[5]と呼んだタイプの人間で、選り好みせず貪欲に読み漁った。一九〇七年五月七日、わずか十四歳で、彼女はみずから「落穂集」と呼んだノートの一冊目を書き始めている。これは、文芸書や宗教・哲学書からの引用を書きつけた書き抜き帳で、彼女が若い頃の広範な読書を明らかにしている。

シェパードは一九二八年から一九三三年の、その創造力がほとばしり出た驚異の五年間に三冊の小説を出版した。そのすぐあとに詩集『ケアンゴームにて（*In the Cairngorms*）』を出版。一九三四年に少ない部数で出され、今やほぼ見つからない希少本だ。シェパードはこの本をもっとも誇りに思っていた。彼女はジャンルに関するはっきりとしたヒエラルキーを持っていて、詩はその頂点だったのだ。「詩とは」、と彼女は小説家のニール・ガン（シェパードは彼と、気のあるそぶりをみせるような、また知的に熱烈な手紙のやり取りをしていた）に宛ててこう書き送っている――「あらゆる経験のまさに核心を、もっとも強烈な状態に」保ち、「あの燃えさかる生の中核」を垣間見せてくれるものだ、と。[6] 彼女は、詩を生み出せるのは「何かに取り憑かれた」とき――彼女の「全性質が……突然跳躍して生命の中へと飛び込む」とき――だけだと感じていた。しかしシェパードは、ガンにはっきりと不安を漏らしてもいる。「星だとか山だとか光だとかについての」自分の詩は、あまりに「冷たく」、あまりに「非人間的」だ、と。それでも彼女は、「取り憑かれているとき、私の中から出てくるものは、そういう類いのものだけなのだ」と認めている。[7]

六年間で四冊の本、それからは――何もなかった。シェパードはその後の四十三年間、一冊たりとも出版しなかった。彼女の文学的沈黙は慎重さゆえのことだったのかスランプのためだったのか、今となってはわからない。彼女の執筆活動の頂点だった一九三一年でさえ、彼女は書けないことで鬱病に近い状態に苦しめられた。「言葉が出なくなった」と、その年彼女は暗澹とした手紙をガンに書き送っている。「人は（というか私は）、人生において言葉が出なくなる地点に行き当たる。けれど、それに対してできることは何もない。ただ生き続けるだけ。言葉は戻るかもしれないし、戻らないかもしれない。戻らなければ喜んで沈黙していなければと思う。少なくとも音を立てるだけのために叫ぶということはしない」[8]。「言葉」は一九三四年以降に彼女の元へと戻ってきたが、それは断続的なものだった。『いきている山』——この本もわずか約三万語という短さ——や、ディーサイド・フィールド・クラブの機関誌に時々寄稿した記事を除いて、彼女が書くことはほとんどなかった。『いきている山』の成り立ちについての正確な情報を手に入れるのは難しい。ほとんどが第二次世界大戦末期の数年に書かれた。もちろん、それまでのシェパードの人生における山岳体験に基づいてはいるのだけれど。戦争がこの本の中でも遠雷のようにその存在を響かせる。プラトーに墜落して乗組員を失った飛行機、灯火管制がしかれた夜、戦況を伝えるニュースを聴くためにその地域で唯一ラジオを持っている家に歩いていく話、総動員体制でロシーマーカスのヨーロッパアカマツが切り倒される話など。我々にわかるのは、シェパードが一九四五年の晩夏には原稿を書き終えていたということだ。なぜなら、よく読んで意見を聞かせて欲しいと、彼女がガンに原稿を送っているからだ。「親愛なるナン。僕が君の本をどんなに楽しんだか、言うまでもないだろう」と彼の鋭い返事は始まっている。

これは美しく仕上がっている。芸術家の、科学者の、または学者の、抑制の効いた緻密さ。その精緻さは学者ぶったものでは決してないし、常に敬意に満ちたものだ。だから愛が、そして叡智が伝わってくる……きちんと事実を扱っている。命題を立て、整然と落ち着いて練り上げている。それというのも、光と、そして存在するという状態とが、君の世界における事実なのだから。[9]

ガンは、この本独特の作風をただちに見抜いている。緻密さは叙情性が形になったものであり、注意深い観察は深い愛の表れ、描写の精確さは敬意ゆえのものだ。その記述は命題と事実によって構成されているが、それらは自身の重荷から解放されて宙を漂ったり、好奇心に溢れた振る舞いをしたりする。しかし、そこでガンの手紙はやや子ども扱いするような口調に変わる。これを出版するのは「たぶん難しい」だろう、というのだ。写真を加えた方が良い、ケアンゴームの「固有名詞」などちんぷんかんぷんな読者のために地図をつけた方が良い、などと彼は提案している。また、フェイバー社[10]は「混乱」状態にあるからやめたほうが良いと忠告し、『スコッツ・マガジン』[11]に連載することも考えてはどうかと提案する。それから、「山と田舎を愛する人々」を惹きつけるであろう本書を書き上げた彼女を――彼の「水の精！」と呼んで――称えている。[12]

その時、出版の確約をもらえなかったのか本人の気が進まなかったのか、シェパードは原稿を四十年以上も引き出しにしまい込んでしまったが、一九七七年、アバディーン大学出版がついに、だがひっそりと出版した。同年、ブルース・チャトウィンの『パタゴニア（*In Patagonia*）』が、パトリック・リー・ファーマーの『贈物の時（*A Time of Gifts*）』や、ジョン・マクフィーの『アラスカ原野行（*Coming into the Country*）』が出版され、翌年にはピーター・マシーセンの禅的山岳叙事詩『雪豹（*The Snow Leopard*）』が出ている。[13] これらの作品は、『いきている山』よりもはるかに知られた場所と旅に関する古典的著作であるが、私にとって『いきている山』はこれら四作品と並ぶ存在である。また、

J・A・ベイカーの『ハヤブサ（*The Peregrine*）』（一九六七年）[14]――その凝縮された強度、既成のジャンルに当てはまらない作風、燃え上がるような散文詩、それから、眼に対する（視覚的な［ocular］、そして神託的な［oracular］）オブセッションは、『いきている山』と同じものだ――と並んで、私の知るもっとも注目すべき二十世紀英国における風景研究の書といってよい。さまざまな理由で――とりわけ近年の「ネイチャーライティング」に対する関心の高まりを考えれば――『いきている山』は新しい世代の読者に読まれるべき本だ。とはいえ、こうして声高に訴えることには注意しないといけない。シェパードは媚びへつらいが大嫌いだったのだから。一九三〇年のガンへの手紙の中で彼女は、彼女の最初の二作を書評した「スコットランド出版界のお世辞の大放出」に苦言を呈している。「自分の作品が過度に褒められるのは本当にうんざりしない？」と彼女は尋ね、「そういうおべっか使いには心底嫌な気分になる」と言っている。[15]私は自分がこの本を「過度に褒め」ているなどとは思ってもいない。本当に高く評価しているのだから。とはいえ、著者本人からこうして警告がはっきりと出されている以上、気をつけることにしよう。

『いきている山』は、説明するのがひどく難しい本だ。祝福の散文詩、とでもそれを呼ぼうか？　それとも、ジオポエトリーの探求？　土地を言祝ぐ賛歌？　もしくは、知の本質に対する哲学的問い？　長老派教会信仰と道教との形而上学的マッシュアップ？　こうした説明のすべてが部分的に当てはまりはしても、本書のすべてを言い表せているものはひとつもない。シェパード自身は「愛の交わし合い（traffic of love）」と呼んでいるが、ここで「交通（traffic）」という語が喚起するのは「渋滞」や「封鎖」ではなく、「交感」や「共感」、それから「愛」という単語に通じるエロティシズムの震えだ。本書における言語は、二つの意味で風雨にさらされて（weathered）いる。つまり、さまざまに異なる気候に満ちている、という意味だけでなく、何十年にもわたる「自然の霊力たち」との接触の結果だという意味も持つ。その語調においては、「明晰な知性」と「感情の高まり」が共存していることにその特徴を見て取ることができる。本書のジャンルはといえば、フィールドノートと回想録、博物誌と哲学的瞑想とが混じり合ったものとでもいうべきか。快活なまでに物質主義的で――ケアンゴームの花崗岩の他者性に、そして「あること以外何もしない。ただ、それだけ」である山の世界に興奮している――それと同時に、人間の精神と山がいかに作用し合うかの説明においては、ほとんどアニミズムといっていい。

『いきている山』は、もっとも広い意味で教区的（parochial）な作品として理解する必要がある。これが大事なところだ。前世紀を通じて、「教区的」とは悪い意味の言葉だった。「教区（parish）」の形容詞形であるこの単語は、宗派争い、島国根性や有界性を、すなわち、内向きの精神や社会、軽蔑に値する有限性を意味するようになった。しかし、常に悪い意味を持っていたというわけではない。アイルランドの平凡な日常を歌った偉大な詩人、パトリック・カヴァナ（一九〇四―六七）[16]は、教区の重要性について疑いを挟まなかった。カヴァナにとって教区は、境界線ではなく開口部だった。そこから世界を見ることができる隙間だったのだ。「教区根性とは普遍的なものである。それはものの根本を扱うのである」と彼は書いている。アリストテレス同様、カヴァナが「普遍的」を「一般的」とぼやかしていないことに注意したい。アリストテレスにとって、「一般的」なものとは、広いもの、曖昧なものや見分けられないものだった。対照的に「普遍的」なものとは、個別的なものに対してひたすらに傾注することから導き出され、綿密に調整された諸原理からなるものだった。カヴァナは何度も何度も、この普遍的であることと教区的であることとのつながりに、そして身近なものを仔細に観察することによって得られる概念に、立ち戻った。「すべての偉大な文明は教区根性に基づいている」と彼は堂々と述べている。

たった一つの畑、たった一つの土地ですら、これを十分に知ることは一生涯をかけた経験である。詩的経験の世界において重要なのは、広さではなく深さだ。生垣の隙間、狭い小道の滑らかな岩の表面、樹木の多い牧草地の眺め、小さな四つの畑地が出会うところに流れる小川――こうしたものたちが、せいぜい一人の人間が十分に経験できるものである。[17]

シェパードはケアンゴーム山群を「広く」というよりも「深く」知るようになった。彼女にとっての山群は、ちょうどギルバート・ホワイトにとってのセルボーン、[18]ジョン・ミュアにとってのシエラネバダ、[19]ティム・ロビンソンにとってのアラン島だ。[20]山群は彼女にとっての内陸の島であり、私的な教区であり、彼女が時間をかけて愛し、歩き、研究した領地だった。そんなふうに時間をかけてその境界の内に集中したことで、知識は制限（curb）されたのではなく、三乗（cube）されて膨らんだのだ。かつてシェパードはガンに尋ねている。「平凡なものを輝かせる」方法を見つけられたらどうなるだろう、と。その方法を見つけることができれば平凡なものは「普遍的なものとなるに違いない」と彼女は自ら結論づけている。[21]「平凡」なものを「普遍的」なものへと輝かせること、それがシェパードが『いきている山』で成し遂げたことなのだ。

登山文学のほとんどは男性によって書かれてきたし、ほとんどの男性登山家は山頂に焦点を当てている。山岳探検は登頂が成功したか失敗したかで評価される。しかし最高地点を目指すのが山を登る唯一のあり方ではないし、包囲戦だとか突撃だとかの話[22]が山について語る唯一の語りではない。おそらくシェパードの本は、登山文学作品としてではなく、山岳文学作品と考えるのが一番いいと思う。本書の最初のほうでシェパードは、若い頃は「高さの刺激」への「欲望」に心が傾いていたこと、自己本位でケアンゴームに近づき、「私に与える影響」で山を評価していたことを告白している。[23]自分は「山頂を目指してばかりいた」、と。『いきている山』は、そんな彼女が、目的なく「ただ山と一緒に過ごすためだけに」、「これといった用もなく友だちに会いに行くときのように」山に入ることを、時を経て学んでいくさまを描く。「私はまたプラトーにいる。ここは面白い場所だろうか、それを確かめるために私は犬みたいに辺りを歩き回った」、と彼女は話しかけるような口調である章を始める。「ここは面白い、そう思ったのでもうしばらくここに留まろうというわけだ」。あてどなく彷徨い歩くことが、山頂に向けられた熱狂に取って代わったのだ。プラトーが頂《ピーク》に取って代わった。彼女は、そこに立てば「カタスコポス（catascopos）」――神のような目で全てを見下ろす者――になることのできる高峰の先端を見つけ出すことに、もはや興味を抱いていない。だから、この本の最初のページはあの素晴らしいイメージで始まるのだ（このイメージは私のケアンゴームに対する見方を永遠に変えてしまった）。そこにおいてシェパードは、ケアンゴームの中央山塊を、個々の山頂が連なっているのではなく、一つの統一体として考えることを提案する。「このプラトーがケアンゴーム山群の真の頂上だ。この山群はまとめてひとつの山とみなされるべきで……個々の頂《いただき》は、プラトーの表面に波打つさまざまな渦にすぎない」、と。

　つまり、歩行者として、シェパードは信仰を伴わない巡礼とでもいうべきものを実践しているのだ。彼女は山頂を目指して猛進するのではなく、山の周りを歩き、山の上を渡り、山を横切り、そして山の懐へ潜っていく。繰り返される彼女のそうした山歩きには、暗黙の謙虚さがある。それは、最高点に飢《かつ》える登山家の自分勝手な高揚を正すものだ。この巡礼者はいつだって、視線を沿わせるように、または内側に入り込むようにして不思議を探すことで満足する。登山家が見下ろしたり見渡したりして全体的な知を得ようとするのとは対照的だ。

ケアンゴームは、私にとって最初の山脈だった。いまでも私がもっともよく知る山々だ。私の祖父母が、この山塊の北東斜面にまばらに見られる石灰岩が隆起したところに立つ、森林管理用の小屋を改装して住んでいた。彼らが所有する荒れた牧草地は、下のアーン川の土手へと続いている。幼い頃から、たいてい夏になると、私は家族と一緒に祖父母を訪れた。家の壁には、山群全体を網羅した陸地測量局のラミネート加工された巨大な地図が貼ってあり、私たちは歩いた道を、そして歩く計画を立てている道を指で辿ったものだ。祖父は外交官で登山家でもあったので、生涯世界中の山を登って過ごした。子どもの私に高所の魔法をかけたのは、この祖父と、祖父が見せてくれたケアンゴームの世界だった。祖父の使っていた、長さ一ヤード［約九十一センチ］の木製柄の氷斧と古い鉄製のアイゼンは、幼い私の想像力の中では魔術の道具のようだった。私は、祖父が登ってきたアルプスやヒマラヤのモノクロ写真を見せてもらった。あんな構造物を人間が登ることができるなんて、私にとっては奇跡だった。あの時の私にとって、登山は――シェパードが言うように――「ふつうの人間ではなく、英雄が成し遂げる伝説的偉業」だったのだ。そして、シェパードにとってそうだったように、私にとっても、子供時代にケアンゴームに触れた経験は、「生涯私を山に縛りつけた《サールド》」。以来私は、歩きで、そしてスキーで、ケアンゴームを何度も渡った。私の山の地図は、辿った道や試したルートにつけた跡で蜘蛛の巣のようになった。青白いユキウサギを何十匹も見たことがある。犬ぐらい大きいやつが、グラス・モエルの山の背のむき出しになった泥炭層の向こうからひょいと姿を見せるのだ。ユキホオジロの群れがブレーリアッハのプラトーを飛び去るのを追ったこともある。ある時はノーザン・コリーズ[24]の上に雪洞を掘り、猛烈なブリザードが吹き荒れるあいだ、何時間も閉じこもったこともあった。

　そういうわけで、私は『いきている山』を知るずっと前からケアンゴームを知っていた。かつての友人から勧められてこの本を初めて読んだのは、ようやく二〇〇三年になってからだった。彼はこの作品のことを、聖典《キャノン》の裂け目から滑り落ちてしまったとでもいうべき本、失われし古典なのだと言っていた。私は読んでみた。そして、その本は私を変えた。自分はケアンゴームを熟知していると思っていたが、シェパードはそれが独《ひと》りよがりの自己満足だと教えてくれた。彼女の文章は、よく知っているはずの山々に対する私の見方を作り替えた。単に山々に目を向ける（look）のではなく、山々を見る（see）ことを教えてくれたのだ。

『いきている山』は、いくつもの鋭敏な知覚に満ちている。その知覚は「もうしばらく留まる」ことから、また、ある特定の場所を何度も通ってみることからのみ生まれる。「カバは、匂いを発するのに雨を必要とする」とシェパードは書く。「コクのある、年代物のブランデーのようにフルーティーな香りだ。暖かい雨の日など、その香りで酔ったように気持ちよくなれる」、と。私はそれまでカバの「匂い」に気づいたこともなかった。しかし今や、雨の降る夏の日にカバの木立を前にして、クルヴォアジエ[25]の香りを嗅がずにいることなどできない。別のところでは、上昇気流に乗って舞い上がるイヌワシが「輪を上へ上へと重ねていく」のにシェパードは目を留め、それを記録している。それから「地衣類の未熟な深紅の花冠[26]」や、「白い翼を持つライチョウ」の飛翔、「おはじき飛ばし（tiddly-winks）みたいに跳ねる小さなカエル」の池、「とんでもなく長い脚をした影の骸骨」を連れて太陽に照らされた雪の上を横切る白いユキウサギを。山が意図せずして生み出すランド・アート的なふるまい。これを感知するアンディー・ゴルズワージー的[27]な目を、シェパードは持っている。たとえば、「落ちたブナの芽鱗《がりん》が風に吹かれる。それは道の両端に潮位線のように並び、五月の埃っぽい道に淡い輝きを与えている」[28]という文章。彼女は十月の夜を「絹のようになめらか」な空気に包まれて過ごし、プラトーを形成する深成花崗岩の上で、半ば目が覚めた状態のまま「微動だにせず、はるか地中深くに根をおろ[29]」し、自分が岩になったかのように感じる。火成岩によって鉱物としての新たな自己へと変えられたかのように。

つまりシェパードは徹底した「見る者（see-er）」なのだ。そして徹底した「見る者」の多くがそうであるように、彼女は時に神秘主義者であり、そういう神秘家にとっては、断固とした経験主義が内在に近づくための第一歩となる。「長いこと山々を見続けてきて、ようやくわかった」と彼女は書く。「私は見ることを始めてもいなかったのだと」。彼女の叙述はしばしば物質を超える――というよりも、これを貫いていく。何時間も歩き、見続けたあと、山の上で起こる体験について彼女は次のように書く。

この眼は以前見なかったものをとらえ、あるいは、すでに見たものを新しい見方で見る。耳もそうだし、ほかの感覚も然り。このような瞬間は予想だにせず訪れるものの、それはある法――その働きはぼんやりとではあるが理解できる――によって支配されているようにも思える。[30]

シェパードは――ニール・ガンや、スコットランド人冒険家でエッセイストのW・H・マレー[31]と同様――仏教と道教に関する読書から強い影響を受けている。これら三人の散文には、いくつもの禅思想のかけらが、花崗岩に散らばる雲母のように輝く。彼らの作品におけるハイランドの風景と仏教的形而上学との融合には、今読んでも驚かされる。菜園で能が演じられている、または圏谷に菊が咲き乱れているのに出くわしたような驚きだ。

「山には」、と禅的にシェパードは言う。「内側がある」と。これが彼女の言うところの「一つ目の考え」で、見事に反直観的な命題だ。というのも、我々は山をその外観——山頂だとか、肩部だとか、崖だとか——で捉えがちだから。しかし、シェパードは常にケアンゴームの風景の「内側」を見ている。今や私も、この山塊にいると同じことをしているのに気づく。シェパードの目は何度も何度も、表面を貫いてその向こうを覗き込む。岩の割れ目の内側を、また、透明な水を湛える湖や川の光り輝く内部を。ロッホ・コーラ・アン・ロッハンの水中に手を入れ、服を脱いでロッホ・アーンの浅瀬の中に入り、ネズミの穴や固まった積雪の中に指を突っ込む。『いきている山』では、「の中に（into）」という前置詞が、繰り返し使われることによって動詞の力を獲得している。シェパードは、広大な野外ではなく、深遠なる「内部」や深い「奥地」を求めて山に入るのだ。数々の隠された風景に彼女は心を奪われる。アルデンヌの「洞窟」やケアンゴームの「窪地」、「目を見張るような美しい谷間」に。グランピアンの[32]「渓流」や「湖」の水の透明さは完璧で、シェパードには「空気の澄み渡った深み／光に光が積み重なったよう[33]」に見える。圏谷は、それが空間をすくい取り、色や空気に「肉体」と「実体」を与えているがゆえに彼女を楽しませる。シェパードは、夕暮れどきの「森の暗がり」にちらりと見える生き物たちの目について書く時、彼らの眼球の緑色——その「水のような緑色」——は

「得体の知れぬ虚空の緑を目にしているのか……外の光が反射したものなのか、それともヴェールが剝がされて内なる光が漏れ出たものなのか」と思う。[34]

この、山の「内側」へのこだわりは、気まぐれな思いつきなどではない。それは、「内側の拡張[35]」と彼女が呼ぶものを達成しようという、この本が試みるものの現れなのだ。シェパードにとって、世界の外的な風景と精神の内的な風景とのあいだには、絶え間ない交通がある。彼女は知っているのだ。土地の様相が、長いあいだ人間に強力なアレゴリーを与えてきたことを。自身を描き出してそれを自身に示す明敏な方法を提供し、記憶を形作り思考に形を与える強力な手段を提供してきたことを。つまり彼女の本は、物質としての「山」と隠喩としての「山」とのあいだに存在するさまざまな関係を探究するものなのだ。シェパードは知っていた――ジョン・ミュアが四十年前に書いていたように――「外に出ることは……実のところ中に入ることだ[36]」ということを。

このエッセイの執筆中、三月の終わりに、私はケンブリッジの自宅を後にして、ケアンゴームを目指し、ロンドンから寝台列車で北に向かった。イングランド南部ではブラックソーン[37]が生垣に白い泡のような花を咲かせ、チューリップやヒヤシンスが郊外の家々の花壇に顔を出し、春が一斉にほとばしり出ようとしていた。ケアンゴームに着いてみると冬の真っ只中。私は時間をさかのぼって旅をしたのだった。山の風が当たらない斜面では未だ雪崩が音を立て、ロッホ・アーンは一面凍りつき、ブリザードがプラトーを渡っていた。私は四人の仲間と、三日間かけて南東のグレンシー[38]から北西のロッホ・モーリッヒまで徒歩とスキーで山々を渡った。ベン・ア・ヴアードの広い山頂のプラトーの上で、私は今まで経験したことのない完全な「ホワイトアウト」の状態に陥った。高山や極地を歩いたことがある人には、おなじみのホワイトアウト。雪と雲とブリザードが合わさって、世界が血の気のない白一色へと溶けてしまう状態だ。物の大きさも距離もすっかりわからなくなる。物影も道しるべも見えない。空間は奥行きを失う。重力すら緩んでしまったかに感じる。斜面や傾斜は、頭蓋の中の血の傾きからのみ推測することができる。あのベン・ア・ヴアードでの驚くべき一時間のあいだ、みんなで白い空間の中を飛んでいるような感覚だった。

　山の世界は、砂漠の世界と同様、蜃気楼に満ちている。光や遠近法のいたずら、幻日、霧虹、ブロッケン現象、ホワイトアウト——雪や霧や雲や距離によって引き起こされる錯覚の数々。こうした視覚の特殊な効果にシェパードは魅了された。冬に彼女は「雪の骨組みがどこにも触れることなく」浮いているのを見る。それは高くそびえる崖の黒い岩なのだが、それが空中浮揚して見えるのは、下方の積もった雪が見えないからだとわかる。[39] 真夏、彼女には澄んだ空気の中、何百マイル先まで見え、想像上の山を目撃する。ハイ・ブラシル[40]の高山版だ。「誓って見えたのだ。地図に記されたどんな山よりも遠くに、くっきりと青く、とても澄んだ小さな輪郭が。地図は私に反論したし、私の仲間たちもこれを認めなかった。私は二度とその姿を見ることはなかった」。シェパードはそうした錯覚を語呂合わせ的に「妙な魔法《ミススペル》」と呼んでいる。偶然の魔術をはらみ、思いがけない啓示を与える視覚の「過ち」だ。彼女はこういう瞬間に歓喜する。「過ち」を疑わしく思ったり正そうとしたりはしない。

というのも、「私たちの騙されやすい目」[41]と彼女が呼ぶもの、山の世界が仕掛ける「まやかし」に引っかかってしまうその性質は、実のところ、世界の見方を再構築する手段であるのだから。

視点をどこに据え、目をどう使うか次第で生じるこうした様々な錯覚は、習慣的なものの見え方が正しいとは限らないという真実を痛感させてくれる。習慣的な見え方は無限の可能性の一つにすぎない。見知らぬものを目にすると、たとえ一瞬であっても私たちは打ち砕かれ、そしてまた立ち直る。

これは言い得て妙、または見得て妙と言ってもよい。我々の視覚は常に正しいわけではなく、常に暫定的であるに過ぎない。「錯覚」はそれ自体、知るための手段である（過ちは発見の入り口、というジェイムズ・ジョイスの脇ぜりふが思い出される[42]）。重要なことだが、こうした錯覚はこちらが呼び寄せて現れるわけでもなければ、リクエストに応じて注文できるものでもない。それは物質と感覚との思いがけない共謀から生まれるのであって、全体としての山と同じく、「経験しようとしてできるものではない」。シェパードは計画的に山を歩き回っているわけでもないし、何か心理的・地理的計略をもって山をこじ開けようとしているのでもない。彼女は「思いがけない啓示の瞬間」を「意のままに[43]」得ることはできない、と認めている。山は、アウグスティヌス的意味[44]における恩恵に満ちている。つまり、恩恵はこちらから積極的に求めることはできないものなのだ（ただし、シェパードの「苦労」

へのこだわりには、ディーサイドの善良なる長老派教会的なところがあることにも注意したい。たとえば「山の内部へと苦労しながら歩みを進める」……「きつい道」に出くわすのを楽しむ……「息を切らせて登って」いく等々）。

錯覚についての驚くべき一節において、シェパードは、湿気の多い日に遠くから石造りの納屋を見た経験を書いている。湿った空気がレンズの役割を果たし、彼女の視線を多角化し再分配したため、シェパードには納屋のすべての面が同時に見えるようだった、というのである。彼女の文体自体も似たような分散的な性質を持っている。『いきている山』を読むと、自分の視線が分散されるように感じるのだ。まるで突然トンボの複眼を持ったかのように、一度に百の異なるレンズで見ているかのようになる。この複合的な効果は、シェパードが一つの物の見え方を特権化することを拒むことでもたらされる。彼女自身の意識は、山の上や山の中に存在する無数の焦点の一つにすぎない。彼女の文章は、ある時はワシの視点から、またある時は歩行者の視点から、別の時には地を這うジュニパーの視点から見たものだ。このようにしていつしか我々は――記憶に残るシェパードの言葉を使えば――「大地が大地自身を見ているように」大地を見るよう導かれる。この本は、あからさまに「環境保護的（environmental）」（この言葉は、シェパードにとってはほとんど意味を持たないだろうと思う）にならずして、さまざまな生態学的（ecological）原理を具現化しているのだ。

生態学（ecology）の第一法則は、すべてのものは他のあらゆるものとつながっている、ということだが、『いきている山』はまさに、織り合わさったりつながり合ったりするイメージに満ち、そうしたイメージの数々がテクストに編み込まれている。たとえば「捻れ、絡み合い、かごに入れられた蛇たちのよう」なマツの根。「山に沿って横に広がり、形はほとんどバラの木のよう」な、山高くに生える小さなヨーロッパアカマツ。カモの雄と雌が一緒に飛び立ち「二つの巨大な翼」をもった一羽の鳥に見える。何十本もの「匍匐茎《ほふくけい》と側枝」を持つ、地元で「カエルノシッポ」と呼ばれる幾重にも撚り合わさった地衣。湖面に浮かぶ何千というマツの針葉を複雑に編み上げて、ミソサザイの巣に似た球体を生み出す湖の水の流れ。これは複雑に絡み合った構造になっているため「水から出しても何年だって持ちこたえる。これができあがる過程の秘密を知らされていない人にとっては、植物学上の謎だろう」(もちろん、このマツの葉のボールはシェパード自身の緊密に編み上げられた小品のひそかな象徴でもあり、この作品も「何年だって持ちこたえて」いる)。この本を読み通してみると、十二の章は、色や思考やイメージの響き合いによって横につなぎ合わされていて、各章が読者に差し出すのは、山のさまざまに異なる十二の側面ではなく、むしろ横断的な叙述の織物——散文版ドワーフ・ジュニパーの森——だ。このようにして、本の形式がその中心的命題をあらわしている。つまり、世界とは、リンゴを切るように分割できる領域なのではなく、地図に表すことのできない相互関係の網の目なのだ、という命題を。

ある場面で、シェパードは盛りのついた二頭の雄鹿を見て過ごした長い冬の夕暮れどきについて語る。闘っているうちに鹿たちの枝角は「絡み合わ」さり、引き離せないほどになってしまう。鹿たちが「互いに引っ張り合い、踏めばザクザクと音のする霜のおりた窪地の地面を行きつ戻りつしている」のを見て答えを待つ。どちらが勝つのか、どうやって角は解《ほど》けるのか？　しかし夜の帳《とばり》が下り、シェパードは帰らなければならない。翌朝闘いの場に戻ってみるが、死体もなければ、痕跡もない。このエピソードは、山は、山についてのあからさまな問いに答えるのを拒否する、ということを示すまた一つのイメージだろう。山では「もつれ合った」ものを解くことができるのはごく稀で、歩行者の「調律された」感覚をもってしても解くことはできない。鹿たちの疾走は鳥の飛翔に似るが、その動きは「大地にしっかりと留められ、ひとつながりになっている」。子鹿が「人目につかない窪地」に横たわる。カモフラージュが巧妙なのでその存在は消され、まぶたをパチパチ動かすのでようやくわかるくらい。山は「その岩と土とでは終わらない」。「山自身の空気」も持っている。ラヴロックが我々に「ガイア」の思想を提示するずっと前に、[45]シェパードは分割できない一つのものとしての彼女の小さな世界、そのホリスティックなヴィジョンを提案していたのだった。「崩れゆく岩、育む雨、命を吹き込む太陽、種子、根、鳥――すべてはひとつ」。彼女は次のように書く。「そうして、私はこのプラトーに横たわる」。

> 私の下には炎の中核がたぎり、この中核から、低い唸りと軋みを轟かせる深成岩塊が突き上げられたのだ。私の上には青い空。そして、岩の炎と太陽の炎とのあいだには、岩屑、土、水、苔、草、花、木、虫、鳥と獣、風、雨、そして雪――すなわち、全《すべ》てなる山。

シェパードの「全てなる（total）」は、もちろん「全体化する（totalising）」とか「全体主義の（totalitarian）」の「全体」とは全く（totally）異なるものだ。彼女の山というのは、そのすべてを知ることは我々人間の能力の可能性を超えている、という限りにおいて「全てなる（total）」なのである。

それゆえ『いきている山』においては、知識が、到達すべき目標や達成すべき状態といった、限定されたものとして描かれることは決してない。ケアンゴーム山塊は、暗号に置き換えられた登り下りの謎に満ちた、解《と》くことを目的としたクロスワードパズルではない。人は「忍耐強く事実に事実を付け足していく」が、それは認識論的に数を数え上げているに過ぎず、程度が知れている。知識は謎に敵対するものではなく、むしろ謎の仲間なのだ。山におけるさまざまな相互関係をより深く理解することは、現実をさらなる驚異へと導き、また別の理解できない領域を見せる。「土壌、標高、天候、そして植物や昆虫の生きた組織が相互に影響し合うこの複雑な関係……を学べば学ぶほど、謎は深まる」。シェパードは、「渓流をその源まで」たどるという彼女の水文学《すいもんがく》的習慣について語るが、そうした渓流の水源——池《プールズ》、湖、小さな湖——がさらなる謎を抱いていると言うのだ。世界はただひたすらに先を指し示す。さあ先へ進め。歩き続けろ。「山が決して十分に明かしてはくれないその秘密」の新しいバージョンにあなたは出会うだろう。

シェパードが学ぶものは——そして彼女の本が私に教えてくれたことは——次のようなことだ。一つの場所と長く付き合うことの真の目的は、不確実性を喜んで受け入れること。完全なる知を求めてはいけない、という知に満足すること。「人間は山のことを完全には知りえないし、山との関係における自身についても完全に理解することはできない」とシェパードは書いている。それから「もう一つ、もう一つと知ることに終わりはない」とも。「じっくりと時間をかけ、私は山に入る道を見つけた」と彼女は言う。じっくりと、であって、完全に、ではない。というのも「もし私が五感以外にも感覚を持っていたとしたら、ほかにもわかるはずのことがあるだろう」から。この本は、さまざまな発見を楽しんでいるのではなく、むしろその数々の無知を楽しんでいるのだ——たとえば「知る手段がないために、知ることすらできないさまざまな胸踊るような特性」のすべてについて。または彼女にとって「私の手に負えない」水について。または「雲の暗闇に」溶け、「いつどこで隊列を組み直し、再び南に向かったのかはわからない」雁の黒い列について。シェパードは山塊が持つ過剰さを、その、地図に落とし込めない余剰を認めざるをえない。「人間の心は、それらが与えてくれたすべてを持ち帰ることはできないし、持ち帰ったものが現実だったのか、必ずしも信じられるわけではない」。

私は『いきている山』を、難解で冷たく、過度に知的な本のように思わせてしまっているかもしれないと心配している。もちろん、そんなことはない。深い叡智に満ち、命題を立てて構築された本であるが、難解ではない。というのも本書は、生命、死、肉体、心からの喜び、触れ合い、それから、かすかな性的欲求に満ち溢れているからだ。シェパードにとって、山の上に在《あ》ることは深遠なる肉体的経験なのである。なんという喜びを彼女は記録していることか！　山の中で、彼女は野生の食べ物に頼って生きる。クランベリーやクラウドベリーやブルーベリーを探し回り、川の「白く力強い」水を存分に味わう。「私は犬のようだ――匂いが私を興奮させる。苔の土っぽい匂い……これは掘り起こすのが一番いい味わい方だ」。彼女は湖で泳ぐ。山腹で眠り、むき出した腕に止まるコマドリの足のチクリとする刺激や、[46] 草を食《は》む鹿の鼻息で目を覚ます。彼女は、厳しい寒さが「顎の筋肉をこわばらせ」るさまを見事な精確さで記録する（ふつうの人は、顎という体の部位を筋肉の力強さと結びつけないし、ましてやそれを温度を感知する感覚とは結びつけない）。また、「雨あがり、ジュニパーに手を走らせ、水滴が手のひらをくすぐるのを楽しむ」喜びについても記録する。ヘザーの花粉が荒野から立ち昇り、「触れると絹のよう」だと感じる。間違いなく、エロティシズムがこの本を通して疼いている。地下出版《サミズダート》のようにこっそりとではあるが。これはシェパードが、肉体的な喜びを率直に表すことが一般には眉をひそめられた時代と文化における女性作家であったことを考えると、とりわけスリリングなことである。彼女は世界が彼女の太腿に、ふくらはぎに、かかとに、手に触れてくるのを味わって喜んだ。肉体は歩行のリズムによって「しなやか」になる。「裸の・むき出しの（naked）」という単語が繰り返し現れる――「裸のカバ」、「むき出し」た手、「むき出した脚」というように。

「それが世界を見る方法だ。つまり自分自身の体において見るということ」。詩人であり仏教徒であり森林官であったゲイリー・スナイダーはそう書いている。[47] この言葉は『いきている山』のエピグラフとして使える。確かに、シェパードは山が人間の肉体に対してどれほど――時に死に至るまで――手荒になりうるかをよく知っている。何百万という蚋《ミッジ》が発生し、ゼリー状の波のような熱気が花崗岩から立ちのぼる夏のプラトーは「唸りを上げる鞭」だと彼女は認める。また、雨が何時間も降り続けると、山が「ぞっとする場所」になると嘆きもする。雪焼けにやられて目が涙を流し続けたことを書く。気分が悪くなり、顔はそのあと何日も「大酒呑みのような赤紫色」に焼けたままだったという。彼女は、山歩きを好む多くの人たちと同じように、山の死者たちに不気味にも魅了される。雲が低く垂れ込める中、ベン・ア・ヴアードに墜落した飛行機に乗っていた五人のチェコ人、シェパードが山を歩いた年月のあいだに滑落死した五人の人々、嵐に捕まって死んだ四人の「青年たち」。そのうち二人は、ロッホ・アーン西端のシェルター・ストーンの下にある防水加工が施された記録帳に「意気揚々とした楽しい報告」を残していたが、彼らの凍った遺体がのちに山で発見される。膝と指関節は花崗岩の岩で擦りむかれていた。ブリザードが吹き荒れる中、前進しようと岩の上を必死に這っていたのだ。

それゆえ、シェパードにとって肉体は山において危険と隣り合わせにある——しかし同時に、肉体は報酬を得られる場、すばらしい感覚器官でもあるのだ。さらにいえば、肉体は知性を補助するものでもある。山では、「身体《からだ》が思考する」と言えるほど、純粋に感覚の生を生きることができる、とシェパードは書く。これはこの本の中でも、もっともラディカルな命題だ。哲学的立場として最先端を行っているがゆえにラディカルなのだ。シェパードが『いきている山』を執筆していたのと同じ頃、フランス人哲学者モーリス・メルロ゠ポンティが身体的主体についての影響力を持つ理論を発展させ、これは『知覚の現象学』(一九四五年)において初めて展開された。メルロ゠ポンティは当時、哲学の専門家としてパリで働いており、そうした立場がもたらしてくれる研究機関からの援助と職業上の自信とに恵まれていた。彼は、サルトルやボーヴォワール、シモーヌ・ヴェイユらとともに高等師範学校《エコール・ノルマル・シュペリウール》に学び、一九三〇年に哲学の教授資格試験に合格、フランス哲学界のエリートの一人として研鑽を積んできていた。一方のシェパードはアバディーンの高等専門学校の一教員。しかし、色彩知覚や触覚、身体化された知に関する彼女の哲学的結論の数々は、今読むとメルロ＝ポンティのそれと驚くほどよく似ている。

メルロ＝ポンティにとって、デカルト以降の哲学は、肉体と精神の間に誤った分裂を生んできた。メルロ＝ポンティは、その哲学者としての人生を通じて、我々が世界を受容する際はもちろん、世界を理解する際においても、感覚器官による知覚が基盤的役割を果たすのだと説いてきた。知は「感じられる」もの、つまり我々の身体は、認識（すなわち精神による経験の加工処理）に先行するやり方で思考し、知るのだと彼は主張する。したがって、意識と人間の身体と現象の世界は、切り離せないほど密接に絡み合い、または「関与」しあっている。身体は我々の主体性に「肉を与える」、ゆえに我々は世界の「肉」に「埋め込まれて」いる、とメルロ＝ポンティは主張した。彼はこの身体化された経験を「手のなかにある知」と呼んだ。我々の身体は我々のために世界を「つかむ」、だからその身体は「世界を持つための一般的な媒体」なのだ。[48] ゆえに世界それ自体は、自然科学によって提示される不変の対象ではなく、常に相対的なのである。世界は、様々な見方に自らを提示することによってのみ顕現する。そして我々の身体とその感覚運動機能によって我々は世界を知覚することが可能となる。我々は世界と性質を共にしていて、世界も我々と性質を共にしているのだが、我々は世界を常に部分的にしか見ていない。
すでに読者は気づいたことと思うが、メルロ゠ポンティとシェパードのあいだには、言葉の使い方だけでなく、両者の思想においても類似性を聞き取ることができる。山の上では、とシェパードは書く。「私と山とのあいだで何かが動く」瞬間が生じるのだと。「場と精神が互いに深く貫き合い、両者の性質が変化していく。この動きとは何なのか。これを伝えるのに、私は詳しく物語っていく他に術をもたない」、と。またほかのところでは、「肉体は無視されるどころか、最高のものとなる」と主張していて、『知覚の現象学』からそのまま引いてきたような一節になっている。「肉体は消されるのではなく、満たされていく。人は肉体と共にある。人は肉体なくしてありえないのだから」。

手は、無限の喜びを持つ。ものを感じること。その手触り。ものの表面。松かさや樹皮のような荒れた表面を持つもの。茎や羽根、水の力で丸くなった小石のような滑らかなもの。からかうようなクモの巣。這って進む芋虫の繊細なくすぐり。地衣類に引っかかれる感触。太陽の暖かさ。雹《ひょう》の針が刺す痛み。勢いよく流れる水の鈍い一撃。風の流れ。私が触れるもの、そして私に触れるものはどれも、私の目に主張するように、私の手にもその個性を主張する。

シェパードの身体的思考に対する信念によって、『いきている山』は現在にも通じるテクストになっている。今や我々のますます多くが、ますます自然との触れ合いから遠のいて暮らしている。我々の精神は、自分が受け継ぐ遺伝的特質によって、また自分が吸収するイデオロギーによって形作られるが、それと同時に、世界の中に――その空間、手触り、音、匂い、性質の中に――存在するという身体的経験によっても形成されていることを、我々はどんどん忘れてきている。我々は過去のどんな歴史的時代にも増して、文字通り接触を失い、肉体から遊離してきている。六十年以上も前に、シェパードはこの過程が始まっているのを目撃したのだ。彼女の本は哀悼の書でもあり警告の書でもある。彼女はガンに宛てた手紙にきっぱりと、「精神を教育するためには体のすべてを」使うべきだ、と書いている。[49] また、「これが、私たちの失ってしまった無垢。一つの感覚に没入し、ある一瞬を永遠に生きるという無垢」とも言う。彼女の本は、一つの瞬間を「永遠に生きる」ことへの賛歌であり、世界に触れ、世界を味わい、嗅ぎ、それを聞くことへの賛歌だ。これができれば、歩いて「肉体から抜け出て」「山の懐に入る」ことができるかもしれない。短い間だが「岩……大地の土」になるほどまでに。そしてその時、そう、その時こそ「人はその懐に抱かれていた」ことになる。「それがすべて」とシェパードは書く。そしてこの「すべて」は、それだけしかなくて申し訳ない、という意味ではなく、大きく膨らみ広がってゆくという意味で捉えるべきだ。

シェパードはその長い人生の晩年まで、ケアンゴームの「内部」へと歩き続けた。しかし最晩年の数ヶ月は老齢に苛まれ、バンコリー[50]の私設老人ホームに入れられた。彼女は幻覚や「混乱」、妙な魔法《ミススペル》に苦しみ出すようになった。部屋全体がドゥルモーク[51]の森の中に移動したという幻覚を見た

――「森が見える――子供の頃そこで遊んだわ」。また、自分が眠る「暗く静かな」部屋に、「大きな大文字で」色鮮やかに書かれたグランピアンのさまざまな地名が、弧を描いて輝くのが彼女には見え始めた。こういう厄介な状態にあっても、シェパードは、知覚の性質について、また知覚を言語によってどう表すかという問題について懸命に考えていた。彼女は、友人であるスコットランド人アーティスト、バーバラ・バーマーにこう書き送っている。「年をとってようやく、時間とは経験の一形式だということがわかってきました。でも、そうした本質をどう伝えたらよいでしょう?」。彼女は真の文学を読むことについて考える。「読むという経験をじっと続けていると、機が熟して突然その作品が内からほとばしり出てくる……生命が爆発し、それはねっとりとして、濃厚で、とてもいい匂いがする。そして……それは、ありふれた世界に魔法をかける。つまり世界を鳴り響かせ、明るく照らす。まるでそんな感じ[52]」。この、ありふれた世界を「明るく照らす」ことこそ、シェパード自身の作品が達成したことだったことは言うまでもない。もっとも、彼女が自分の作家としての特別な力を認めたりすることは決してなかっただろうが。

こうしてシェパードの作品タイトルとなった「いきている山」は、我々が山へ向けて「積極的に呼びかける[53]」ことで「いきる」。メルロ゠ポンティにとってと同じく、彼女にとって事物は「精神によって受胎」しており、世界は絶え間ない「能動の叙法……今をあらわす文法/現在時制[54]」において存在する。ある特定の注意を向ける行為は、「茫漠たる非存在のなかで、存在の領域を広げる」助けとなる。シェパードはもちろん、これが多分に妄想だと知っている。花崗岩は思考しないし、圏谷は我々が「彼らの」スペースに入ってくるのを感知したりしない。川が我々の喉の渇きを癒すのに喜びや憤りを覚えることもない。彼女が迷信的アニミズムや、いい加減な擬人化を唱えているのだと誤解してはならない（シェパード曰く、「私は、山に感覚があると言っているのではない」）。むしろ彼女は徹底した人間への関心を提示している。それは、彼女が読書によって発展させたというよりも――驚くべきことに――ほぼ、歩くことによって導き出した現象学から生まれたものだった。

シェパードにとって、身体は、精神がその動きを止めたとき、すなわち精神と身体の「つなぎが解かれる」[55]ときにもっともよく思考する。彼女は、山上で「思考に邪魔されず」にいる瞬間のことを非常に美しい筆致で描いている。「こうした瞬間は」と彼女は言う、「戸外で眠りから覚めるときに、夢うつつのまま水の流れを見つめその歌声を聴いているときに、とりわけ頻繁に訪れる」、と。しかし精神を解き放つ最良の方法は歩くことである。「何時間も歩き続けたあと、歩行が生み出すリズムが長時間にわたって持続すると、この運動は単に頭で認識されるものではなくなり、存在の「ぶれない中心」として感じられるようになる。……歩くうちに肉体は透明になっていく。」「山の上では」と彼女はこの本の結びで言う。「一時間ほどのあいだ、私は欲望を超越する。これはエクスタシーではない。……私は自分自身から抜け出るのではなく、自分自身の中にある。私は在《あ》る。それが山から与えられる究極の恩寵なのだ」[56]。これはシェパードによる、デカルトのコギトの改訂版だ。我歩く、ゆえに我あり。歩行者のリズム、「我あり（I am）」の弱強格（iamb）、足を置きまた持ち上げるビート。

『いきている山』は、読めば読むほど多くのものを与えてくれる。私は恐らく十数回は読んだが、シェパードが山へのアプローチを新たにするように、私も毎回この本へのアプローチを新たにする。この本が持つ意味をすべて吸い尽くすなどということを期待してはいない。むしろ、それが新たに生み出すものに驚かされることを期待して再読する。新しいものの見方が現れる。もしくは、少なくとも違う角度からものを見直す方法を教えられる。これは庇護者的存在の本だ。しかし、霊的であれ宗教的であれ、何らかの体系やプログラムを示したものではない。ここにはマニフェストもない。メッセージもなければ、持ち帰り用パックになったモラルもない。山においてもそうであるよう本においても、それが差し出してくれる知識は、まっすぐにではなく、予期せぬ方向や場所から届く。それにそうした知識にはどうやら限りがない。これは、知ることと共に育っていく本だ。シェパードはケアンゴームについてこう書いている。「どれだけ山を歩いてみても、山は私にとって驚きであり続けている。……山に慣れる、などということはないのだ」[57]。どれだけ『いきている山』を読んでも、それは私にとって驚きであり続けている。この本に慣れる、などということはないのだ。

ケンブリッジ―ケアンゴーム―ケンブリッジ、二〇一一年

原注および訳注

＊マクファーレンによる原注には、最初に《原注》と付した。

《原注》スコットランドの地名の綴りは厄介な問題である。この序文と地図にあるケアンゴームの地名はナン・シェパードが『いきている山』で使っている綴りと同じにした。この序文を執筆するにあたって以下の方々からさまざまな援助をいただいた。深く感謝する。バーバラ・バーマー、ジャニス・ギャロウェイ、ネイオミ・ジェラティ、グレイス・ジャクソン、ヘイデン・ロリマー、ジョージ・マッキー、そしてロードリック・ワトソン。公刊されていない手紙の引用を許可してくださったことについて、スコットランド国立図書館評議員の方々とディアミッド・ガンに感謝申し上げる。『いきている山』から引用した際は出典ページ数を記していない。よって出典を示していない引用は全て本書からのものと考えて欲しい。他の引用の出典は以下の通りである。

1　《原注》ナン・シェパードからニール・ガンへの手紙。一九三一年四月二日付。エディンバラ、スコットランド国立図書館蔵（Deposit 209, Box 19, Folder 7）。

2　一九二〇年に設立されたクラブ。ディーサイドの歴史・文化・自然を研究する。機関紙『ディーサイド・フィールド（*The Deeside Field*）』を発行した。

3　《原注》ナン・シェパードからバーバラ・バーマーへの手紙。一九八一年一月十五日付。個人蔵。

4　Samuel Taylor Coleridge (1772–1832). 英国ロマン派の詩人・批評家・哲学者。

5　《原注》サミュエル・テイラー・コールリッジ『書簡集　第一巻　一七八五―一八〇〇年』レズリー・グリッグズ伯編（オックスフォード、クラレンドン・プレス、一九六六年）一五六頁。

6 《原注》ナン・シェパードからニール・ガンへの手紙。一九三〇年三月十四日付。エディンバラ、スコットランド国立図書館蔵（Deposit 209, Box 19, Folder 7）。

7 《原注》ナン・シェパードからニール・ガンへの手紙。一九三一年四月二日付。エディンバラ、スコットランド国立図書館蔵（Deposit 209, Box 19, Folder 7）。

8 《原注》ナン・シェパードからニール・ガンへの手紙。一九三一年四月二日付。エディンバラ、スコットランド国立図書館蔵（Deposit 209, Box 19, Folder 7）。

9 《原注》ニール・ガンからナン・シェパードへの手紙。一九四五年十月三〇日付。エディンバラ、スコットランド国立図書館蔵（Deposit 209, Box 19, Folder 7）。

10 Faber and Faber. 一九二九年に創立し、今日まで続くロンドンの出版社。

11 *The Scots Magazine*. 一七三九年創刊の雑誌。現在も発行されている。

12 《原注》ニール・ガンからナン・シェパードへの手紙。一九四五年十月三〇日付。エディンバラ、スコットランド国立図書館蔵（Deposit 209, Box 19, Folder 7）。

13 Bruce Chatwin (1940–1989) の *In Patagonia* は題名の通りパタゴニアへの旅を、Patrick Leigh Fermor (1915–2011) の *A Time of Gifts* はオランダのフック・ファン・ホラントからコンスタンティノープルへの旅を、John McPhee (1931–) の *Coming into the Country* はアラスカへの旅を、Peter Matthiessen (1927–2014) の *The Snow Leopard* はヒマラヤへの旅を扱っている。

14 John Alec Baker (1926–1987), *The Peregrine*. イングランド東部に住む著者の家の近くで冬を越したハヤブサの観察記。

15 《原注》ナン・シェパードからニール・ガンへの手紙。一九三〇年三月十四日付。エディンバラ、スコットランド国立図書館蔵（Deposit 209, Box 19, Folder 7）。

16 Patrick Kavanagh. アイルランド北部のモナハン州の農家に生まれ、農作業の傍ら詩を書き始め、詩人・作家となった。

17 《原注》パトリック・カヴァナ「教区と全世界」、『全散文集』（ロンドン、マクギボン&キー、一九六七年）二八一―八三頁。（訳注「たった一つの畑……経験できるものである」は上記に含まれない。カヴァナの弟であるPeter Kavanagh が編纂した *By Night Unstarred: An Autobiographical Novel* (The Curragh, Ireland, Goldsmith Press, 1977) の八頁にこれらの言葉がある。）

18 ギルバート・ホワイト（Gilbert White, 1720–1793）はイギリスの牧師・博物学者。生地であるハンプシャーの小村、セルボーンの動植物や風土を観察した『セルボーンの博物誌（*The Natural History and Antiquities of Selborne*）』（一七八九年出版）は英国のネイチャーライティングの古典として評価されている。

19 ジョン・ミュア（John Muir, 1838–1914）はスコットランド、ダンバーの生まれで、一八四九年にアメリカに移民した。博物学者・作家。シエラネバダを研究しその自然保護に力を尽くした。

20 ティム・ロビンソン（Tim Robinson, 1935–2020）はヨークシャー生まれの作家・地図製作者。アイルランドのアラン諸島に住み、島の地図を作成。*Stones of Aran: Pilgrimage* (1986) や *Stones of Aran: Labyrinth* (1995) を著した。

21 《原注》ナン・シェパードからニール・ガンへの手紙。一九三一年四月二日付。エディンバラ、スコットランド国立図書館蔵（Deposit 209, Box 19, Folder 7）。

22 「包囲戦」の原文は siege。登山でいう siege style（包囲法。expedition style や polar method とも呼ばれる）は、八〇〇〇メートル級の高峰登頂のために、長い期間と多くの人員を使い、キャンプを設営しながらじりじりと登頂を目指す方法。

23 「私に与える影響」は本書の「最初のほう」ではなく最終章「十二、存在」からの引用。

24 The Northern Corries. ケアン・ゴーム山（地図⑩）北西面の三つの圏谷。
25 コニャックのブランド。
26 マクファーレンは immature scarlet cups（未熟な深紅の花冠）としているが、シェパードの原文は minute scarlet cups（微小な深紅の花冠）。
27 アンディ・ゴルズワージー（Andy Goldsworthy, 1956-）はイングランド生まれでスコットランド在住の芸術家。石や枯葉や氷などの自然物を用い、自然環境の中で作品を制作している。
28 《原注》「ディーサイドの色」、『ディーサイド・フィールド』八号（アバディーン、アバディーン大学出版、一九三七年）八―一二頁、九頁。
29 マクファーレンは rooted far down into immobility としているが、シェパードの原文は rooted far down in their immobility。
30 この引用では、「然り。」と「このような」の間の数行がシェパードの原文から省略されている。
31 W・H・マレー（William Hutchinson Murray, 1913-1996）。第二次大戦中に捕虜として収容されていた時に *Mountaineering in Scotland* の原稿を書く。原稿は一度ゲシュタポに見つかって破棄されるも、書き直して戦後の一九四七年に出版。マレーはまた、一九五一年のエベレスト調査隊に副隊長として参加している。
32 グランピアン山脈（Grampian Mountains）のこと。スコットランドの三大山脈のひとつで、ケアンゴーム山群を含む。
33 《原注》「山の渓流」綴じていない紙に書かれた詩。エディンバラ、スコットランド国立図書館蔵（Deposit 209, Box 19, Folder 7）。（訳注　詩「山の渓流［The Hill Burns］」の八―九行目が引用されている。マクファーレンは「綴じていない紙に書かれた詩」としているが、この詩の手稿は綴じてあるノートブックに書かれている。）

34 《原注》「ディーサイドの色」、『ディーサイド・フィールド』八号（アバディーン、アバディーン大学出版、一九三七年）、九一一〇頁。

35 マクファーレンはこの言葉も『いきている山』からの引用としているが、『いきている山』では使われていない。

36 《原注》ジョン・ミュア、日記の記述、『山のジョン――ジョン・ミュアの未刊行日記』L・M・ウルフ編（ボストンとニューヨーク、ホートン・ミフリン社、一九三八年）、四二七頁。

37 blackthorn. 学名 *Prunus spinosa.* 和名スピノサスモモ。別種の *Prunus spinulosa* の和名「リンボク」が訳語に当てられることもある。

38 Glenshee. ブレマー（地図㉚）の南二〇キロあたりにある谷。ただし、それより手前、ブレマーの南十二キロほどにあるスキー場も「グレンシー」と呼ばれており、マクファーレンたちはそこから出発したのかもしれない。

39 マクファーレンは「冬」としているが、本文第六章「空気と光」にあるように、シェパードが「雪の骸骨」を見たのは「穏やかな春の日」である。また、下の雪が見えなくて黒岩だけが浮いて見えたのではなく、残った雪が描く線だけが見えてそれが骸骨のようだった、とシェパードは言っている。また、第五章「氷と雪」にもこの浮遊する残雪部は登場する――「雪に覆われた横に長い山頂部は、白い触手を下に伸ばして、支えなしに空に浮かんでいるように見える」。

40 アイルランドの西にあるとされる幻の島。

41 《原注》「ディーサイドの色」、『ディーサイド・フィールド』八号（アバディーン、アバディーン大学出版、一九三七年）、一一一頁。

42 ジェイムズ・ジョイス（James Joyce, 1882–1941）の『ユリシーズ（*Ulysses*）』（一九二二年）第九挿話における主人公スティーヴン・デダラスの台詞に、「天才は過ちを犯さない。彼の過ちは意思によるものであり、発見の入り口なのだ（A man of genius makes no mistakes. His errors are volitional and are the portals of discovery.）」

とある。

43　これらの引用は『いきている山』からのものではない。

44　アウグスティヌス（Aurelius Augustinus, 354-430）はローマ帝国時代のキリスト教神学者・哲学者。その思想の一つに、神の恩寵は人間の側の功績によって与えられるのではない、というものがある。

45　ジェイムズ・ラヴロック（James Lovelock, 1919-）はイングランドの科学者・作家。生物と地球が相互に関係しあって自己制御システムを作っており、そのシステムが一種の生命体であるとみなす、いわゆる「ガイア理論」を一九六〇年代に提唱した。

46　『いきている山』にコマドリ（robin. 学名 *Erithacus rubecula*. 和名ヨーロッパコマドリ）は登場しない。クロウタドリが脚にとまり、ズアオアトリが胸にとまる（「十、眠り」）。

47　《原注》ゲイリー・スナイダー『野性の実践』（サンフランシスコ、ノースポイントプレス、一九九〇年）、一〇六頁。

48　《原注》モーリス・メルロ＝ポンティ『知覚の現象学』コリン・スミス訳（ニューヨーク、ヒューマニティーズプレス、一九六二年）随所から引用、とくに一四四―四六頁。

49　《原注》ナン・シェパードからニール・ガンへの手紙。一九四〇年五月付。エディンバラ、スコットランド国立図書館蔵（MS 26900, Deposit 209, Box 19, Folder 7）。

50　Banchory. アバディーンシャーの、ディー川沿いの町。カルツから二十キロほど西。

51　バンコリーの近くの村。

52　《原注》「森が見える」から「まるでそんな感じ」まで。ナン・シェパードからバーバラ・バーマーへの手紙。一九八一年一月十五日、および二月二日付。個人蔵。

53　「積極的に呼びかける（原文 outgoing address）」は『いきている山』からの引用ではない。『グランピアン四部作』（シェパードの小説三作と『いきている山』をまとめた合併版。一九九六年出版）の、作品に付された Roderick Watson による解説序文が用いている表現。

54 《原注》「アヒルティィブーイ」、綴じていない紙に書かれた詩。エディンバラ、スコットランド国立図書館蔵（Deposit 209, Box 19, Folder 7）。（訳注　詩のタイトル、「アヒルティィブーイ［Achiltibuie］」はスコットランド北東海岸部の村。ただし、ここに引用されているのは、この詩からのものではなく、この詩の下に書かれた「翌朝［Next Morning］」と題された詩の五―六行目。）

55 この語（uncoupled）ではなく、'uncoupling' が用いられている。

56 マクファーレンの引用は若干不正確で、「山の上では」はシェパードの原文になく、省略箇所も若干異なる。

57 マクファーレンはこの引用で省略記号をつけているが、シェパードの原文からはなにも省略されていない。

訳者解説

佐藤泰人

本書はスコットランドの作家、ナン・シェパード（Nan Shepherd, 1893–1981）の作品、*The Living Mountain* の翻訳である。シェパード作品の日本語による翻訳出版は本書が初めてのこととなる。翻訳にあたっては、ロバート・マクファーレン（Robert Macfarlane, 1976–）の序文がついた二〇一一年版（*The Living Mountain*. Edinburgh: Canongate Books, 2011）を底本とし、ジャネット・ウィンターソン（Jeanette Winterson, 1959–）のあとがきが追加された二〇一四年版、初版（一九七七年。入手不可）の復刻版（*The Living Mountain: A Celebration of the Cairngorm Mountains of Scotland*. Aberdeen: Aberdeen University Press, 1984）および後述する四作合併版（*The Grampian Quartet*. Edinburgh: Canongate Books, 1996）で、誤植などの確認を行った。また必要に応じてドイツ語の翻訳（Judith Zander 訳 *Der lebende Berg*［Matthes & Seitz Berlin, 2017］）も参照した。

原本では、シェパードのテクストの前にまず「序文」としてマクファーレンによる文章が置かれているが、本書では、シェパードのテクストの後に置いた。この序文がかなり長いものであり、またシェパードの本文からの引用が多くちりばめられているため、読者にはまずシェパードのテクストに触れてもらうのが良いだろうと判断したためである。この移動に際して、マクファーレンの序文には、文中からの一節を引用して、「我歩く、ゆえに我あり」というタイトルをつけさせていただいた。シェパードの手紙などの一次資料も用いつつ、本テクストを多角的に論じた読みごたえのあるエッセイである。

テクストの様々な味わい方はマクファーレンに任せ（もちろん、『いきている山』はもっともっと多様な切り口で読むことのできる豊かさをもつのだが）、ここでは、本作品のなりたちと、作家の人生についてまとめておこう。

アーティストへの影響

『いきている山』は不思議な魅力を持つ本だ。静かに白熱するようなこのテクストが、数々のアーティストに影響を与えているのはごく自然なことに思える。例えば、英国はランカシャー出身のアーティスト、ダレン・アーモンド（Darren Almond）は二〇一二年に、本書最終章の一節を用いて『ローレンシア（*Laurentia*）』という作品を制作した。「ローレンシア」は、約十九億年前に形成されたとされる超大陸の名前であると同時に、紫色の小さな花（*Laurentia axillaris* または *Isotoma axillaris*）の名前でもある。十一のブロンズ製プレートに分割されたテクストというシンプルな作品だが、か弱い花と巨大な大陸、そしてその間に置かれた人間の営みの無骨な現れは、確かに本書のエッセンスを捉えている。また、ヨークシャー出身のシモーヌ・ケニオン（Simone Kenyon）は二〇一九年に本書に触発されたプロジェクト『山の中へ』（*Into the Mountain*）を立ち上げ、一連のワークショップやパフォーマンスを行った。ケアンゴームのただなかに身体を溶け込ませてみたり、女の身体について議論したりと、興味深い実験をしている。音楽界では、スコットランドのミュージシャン、ジェニー・スタージョン（Jenny Sturgeon）が、『いきている山』全十二章を音楽化して二〇二〇年にリリースした。

本書の影響力は英国にとどまらない。二〇一九年、アイスランドのビョーク（Björk）はファッション&カルチャー誌『アナザー・マガジン』（*AnOther Magazine*）のゲストエディターとなった際に、自身に影響を与えた本として『いきている山』を挙げ、第一章「プラトー」からの抜粋を載せている。また、二〇二〇年、オランダ出身の写真家アウォイスカ・ファン・デル・モーレン（Awoiska van der Molen）が本書に触発された写真集 *The Living Mountain* を発表。オーストリアの作曲家トーマス・ラルヒャー（Thomas Larcher）は、ファン・デル・モーレンとコラボレートし、彼女の写真とシェパードのテクストの両方から刺激を受けた曲 'The Living Mountain' を書いた。

そして日本では、私たち訳者による翻訳草稿をいち早く読んでくださった写真家の志賀理江子が、『いきている山』を作品の副題に用いた。宮城県は牡鹿半島の、山と海に挟まれた一角に出現したその作品「億年分の今日――The Living Mountain」（二〇二一年）を短い言葉で言い表すのは難しい。それは、殺した命を最高の肉として生かす「食猟師」小野寺望に学びつつ、他の三アーティスト（栗原裕介、佐藤貴宏、菊池聡太朗）と協同し、二〇一一年の津波で塩水を被った土地を再生する、という壮大な試みであり、同時にその現場をいわば「写真」的に切り取ったものだった。土を掘り起こして空気を入れ、牡蠣殻や小枝を敷きつめ、ビオトープを作り……といった制作作業は、増え過ぎる鹿、生態系を破壊する巨大な防潮堤や避難道路建設という「復興」の論理、そして女川原発の再稼働等、数々の強大なうねりの中に揉まれている。

このような例は枚挙にいとまがない。しかし本書は、ひっそりと世に生み出され、そしてまたひっそりと消えていくかに思われたテクストだった。

『いきている山』出版史

『いきている山』が執筆されたのは、一九四四―四五年が主な時期のようだ。シェパードが五十一―五十二歳の頃である。彼女はどうやら一社にだけ出版の打診をしたが、丁重に断られ、原稿を引き出しにしまってしまった。それがようやく世に出たのは一九七七年になってのこと。シェパードはもう八十四歳になっていた。アバディーン大学出版から三千部、シェパードの友人のアーティストである、イアン・マンロー（Ian Manro）によるシンプルなモノクロのイラスト付き。出版の直接的な動機については、シェパードが「序」で述べていること以上のことはわからないが、シャーロット・ピーコック（Charlotte Peacock）による伝記、『山の中へ――ナン・シェパードの生涯（*Into the Mountain: A Life of Nan Shepherd*〔Galileo Publishers, 2017〕）』によれば、友人でもあったアバディーン大学出版の社長が以前から出版を勧めていたともいう。しかし当時この会社は「出版社」というよりも「印刷所」であって、宣伝や流通活動は行っていなかった。シェパードは以前、アバディーン大学出版から出した友人の著書のために尽力して売上成果を出した実績があるが、こと自分の本となると消極的だったようである。友人知人にはどんどん進呈したが、各メディアに書評を促すなどの宣伝活動はあまりしなかった。シェパードは一九八一年に死去。その後の一九八四年にアバディーン大学出版は『いきている山』の復刻版を出すが、このときもそれほど売れなかったようだ。彼女の諸作品はスコットランド文学研究者らによって、また大学の授業で扱われるなどして細々と読み継がれ、一九九六年にエディンバラのキャノンゲイト社から、小説三作と『いきている山』をまとめた合併版、『グランピアン四部作』(*The Grampian Quartet*)が出版される(このときマンローのイラストは省かれた)。しかしこれも、絶版となったシェパード作品をともかく残すという消極的努力の身振りと思われた。

忘れ去られていた『いきている山』は、しかし、二十一世紀になって息を吹き返す。その際に大きな役割を果たしたのが、ノンフィクション作家ロバート・マクファーレンだった。彼は二〇〇三年に登山史を考察する処女作『心の山(*Mountains of the Mind*)』で様々な賞を受賞、話題の人となるが、この同じ年に彼はシェパードの『いきている山』に出会っている。この本は彼の山岳観を変えた。売れっ子ネイチャーライティング作家となった彼が様々なメディアを通じて本書の魅力を伝えたことの効果は大きく、キャノンゲイト社は二〇〇八年に『いきている山』の単行本を出版、続いて二〇一一年にマクファーレンの序文を付した版を世に出す。こうした地盤ができて、本書はようやくその力を発揮したのである。二〇一六年には、ロイヤル・スコットランド銀行が五ポンド紙幣の肖像にシェパードを採用し、シェパードはスコットランドを代表する作家として認知されることになる。彼女はまた、スコットランドの紙幣を飾る初めての女性でもあった。（ちなみに英国は日本と異なり、中央銀行であるイングランド銀行の他に、スコットランドの三つの銀行と北アイルランドの四つの銀行がそれぞれ紙幣を発行している。）二〇一九年には、キャノンゲイト社が隔年の「ナン・シェパード賞」を設立。自然や環境を扱ったノンフィクションの原稿を公募し、受賞者には同社からの出版を約束するというものだ。『いきている山』はこのように、ネイチャーライティングの規範ともなった。本書はもちろん、様々な言語に翻訳されている。訳者が把握しているだけでも、ドイツ語（二〇一七年）、カタルーニャ語（二〇一七年）、イタリア語（二〇一八年）、中国語（二〇一八年）、フランス語（二〇一九年）、スペイン語（二〇一九年）、スロヴェニア語（二〇一九年）、オランダ語（二〇二〇年）、ポーランド語（二〇二二年）、ポルトガル語（二〇二二年）の各版が出版されている。

ナン・シェパードについて

死後三十年を経てようやく正当な評価を受けたナン・シェパードとはどんな人なのだろう。五ポンド紙幣で使われた肖像写真は、緩く編まれて両の肩に下がる豊かな髪に、ブローチ付きのヘアバンド。なにやらスピリチュアルで新異教主義《ネオペイガニズム》的な風貌だが、これは彼女がたまたま写真屋のスタジオにあったフィルムを手に取り、ブローチをつけて頭に巻いてみた、というおふざけ写真だったそうだ。エデインバラのスコットランド国立図書館に保管されているもう一枚の写真の彼女は、暗い色のブラウスを着てこちらを静かに見つめている。憂いと強さと脆さとが、まるで反転図形のように交互に現れては消える。

先述の、ピーコックによる伝記——これは本解説を書く上でも大いに参照した——によれば、彼女についてはわかっていないことが多いという。日記の類いは残されておらず、彼女の手元に残された手紙も塗り消されている部分が多々あるという具合。たしかに、訳者が閲覧した国立図書館所蔵の原稿ノートもごっそりページが破られている部分があった。しかしそうした事実はかえって、ナン（ここでは「ナン」と呼ぼう）の人柄を表しているようにも思われる。

ナン・シェパード（本名 Anna Shepherd）は一八九三年二月十一日、スコットランド北東部の村、ピーターカルター（Peterculter）に生まれ、生後すぐに一家は近隣の村、ウエスト・カルツ（West Cults）に家を買い引っ越した。海辺の町アバディーン（Aberdeen）からディー川沿いに少し内陸に入った村で、ディー川沿いをそのまま西に進めばケアンゴームの山々に入って行ける。ナンは最晩年に老人ホームに入居したが、それまでの一生涯をこの家で過ごした。大学も職場も家から通い、また、結婚することもなかった。中等学校時代からの知り合いで、自分の友人と結婚した男に長いあいだ叶わぬ恋愛感情を持ち続けたようだが、詳しいことはわかっていない。

ナンの両親はともに農家の出だが、父親は苦学して機械技師となり、機械類製造会社の部長にまでなった人だった。彼は野山を歩いては植物を観察するのが好きで、またそのいっぽうで人文系の本もよく読んでいたらしく、ナンに影響を与えたといってよい。いっぽう母親は、原因不明の、今でいう慢性疲労症候群の症状に悩まされ、屋内で横になって過ごすことが多かった。家政婦がひとり同居して、彼女を助けていた。

ナンは勉学の道を閉ざされることなく、大学進学校であったアバディーン女子高等学校に進み、一九一二年、アバディーン大学のキングズ・カレッジに入学する。アバディーン大学は一八九二年に女子学生の受け入れを開始し、ナンが所属したキングズ・カレッジの人文学専攻では一九一三年、女子学生が全体の半数にまで膨らんでいたという。しかしこの大学時代、英国は第一次大戦に参戦。男子学生が次々に従軍するなか、女子学生が学内の様々な仕事を引き受け、ナンも隔週発行の大学誌の編集を担当した。

大戦は、シェパード家にも悲劇をもたらした。ナンの三歳年上の兄フランクの死である。彼は父親の影響もあったのであろうか、エンジニアを目指し、一九一五年、工学を修めてグラスゴー大学を卒業した。大戦では職能を生かしてロンドンの兵器工場に勤務し、昇進もして結婚もしたが、激務と劣悪な職場環境のために結核にかかってしまう。一九一七年、南アフリカの親戚を頼って療養に赴くも、同年五月十九日、二十六歳で死去。父親は最後まで息子の死から立ち直れなかったようだ。八年後の一九二五年、奇しくも息子の命日に七十二歳で亡くなっている。

さて、一九一五年に大学を卒業したナンは、しばらく百科事典編纂の仕事に関わったのち、アバディーン地区養成センター（Aberdeen Provincial Training Centre）という、教員養成学校の非常勤講師の職につく。当時スコットランドでは、初等・中等学校の先生になるには大学を卒業後最低一年間の訓練が必要だったが、そういう教職志望者に教える仕事である。（ただし、一九二〇年代終わりまでは、大卒でない人も二年間の訓練を受ければ小学校教師になることができた。なおこのセンターは、マクファーレンの序文にあるとおり後に「アバディーン教員養成学校」となり、さらにその後、アバディーン大学に組み込まれてその教育学科となった。）一九一九年にフルタイムの英文学講師となった彼女の授業は、ディスカッションを重視し、また同時代のスコットランド人作家も取り上げるなど退屈させないものだったという。ナンはこの仕事を気に入っていたようだ。何より経済的自立を得たことは重要であったろう。もっとも、特に父の死後は、病気の母を置いて実家を出るという選択肢はなかった。一九五六年に六十三歳で退職するまで、ナンはこの仕事を続けた。

ナンは文学を教えていたが、そのいっぽうで文学を生み出してもいた。一九二八年、三十五歳の時に処女小説 *The Quarry Wood* を発表。その二年後の一九三〇年に *The Weatherhouse*、さらに一九三三年に *A Pass in the Grampians* と、三冊の小説を出版している。どれもナン自身が暮らすような、スコットランド北東部の小さなコミュニティーに生きる人々を描くものだ。大学における知的興奮と、学問とは無縁の田舎のコミュニティーの間で揺さぶられる女主人公を描く処女作の *The Quarry Wood* は特に自伝的要素が強いと言われる。小説の語りは英語だが、田舎の登場人物の言葉にはふんだんにスコッツ語が用いられていて、読者もまた二つの文化の間を往復する。

一九三四年、詩集 *In the Cairngorms* を発表。こちらはもちろん、小説とはがらりと異なる作風だ。

中心となる作品群の舞台は、人気《ひとけ》のない荒涼としたケアンゴームのただなか。山の斜面や圏谷に、水や雪や大気に一瞬のヴィジョンを摑み取ろうとする強度の高い作品だ。いっぽう詩集を結ぶのは「十四年間（Fourteen Years）」と題された、謎めいた恋愛十四行詩群《ソネット》。その激しい愛の言葉は好奇心をそそるが、ナンは後年のインタヴューで、「あれはほとんどわかる人がいないんじゃないかしら。だからこっちは安心」などと述べている。（この詩集も長らく絶版だったが、ケンブリッジの Galileo Publishers から、マクファーレンの序文付きで二〇一四年に復活した。）

晩年近くに世に出た『いきている山』を除けば、著書の出版は三十五歳から四十一歳の七年間に出されたこの四冊きり。しかし、ナンはつねに文学と共にあった。スコッツ語の一地域変種であるドリック（Doric）で詩を書いて人気を博したチャールズ・マレー（Charles Murray, 1864–1941）や、やはりスコッツ語で詩を書いたマリオン・アンガス（Marion Angus, 1865–1945）ら、「スコティッシュ・ルネッサンス」の先駆けとなる先輩詩人たちとは友人だった。スコティッシュ・ルネッサンスとは、一九二〇―三〇年代のスコットランドで顕著にみられた、文学における動きである。懐古趣味に堕さないスコッツ語の実験的使用や、自らの土地を深く掘り下げる態度など、作家たちの様々な試みが大きな波を起こし、スコットランドという国のアイデンティティーを問い直した。ナンもそのような作家の一人だったが、同世代の友人には、言語実験を強力に推し進め、政治運動にも入っていったアクの強いヒュー・マクダーミッド（Hugh MacDiarmid, 本名 Christopher Murray Grieve, 1892–1978）や、ハイランドに暮らすさまざまな生を小説に描いたニール・ガン（Neil Miller Gunn, 1891–1973）といったルネッサンスの立役者たちがいた。特にガンは、真剣な文学議論を交わしたナンのソウルメイトである。また、大学で知り合ったアグネス・ミュア・マッケンジー（Agnes Mure Mackenzie, 1891–1955）は心強い仲間だった。はるか北方、アウター・ヘブリディーズの島からやってきた目と耳に障害を持つこの女性は、卒業後の就職がうまくいかないことにもめげず、文筆で身を立てた気骨ある人だった。

そしてナンの大事な友人の一人は、もちろん、山だった。ケアンゴームの周囲の低山は子どもの頃によく歩いたようだが、ケアンゴームの山に初めて登ったのは一九二八年の四月のこと。本書「三、山群」で触れられているベン・マクドゥーイ山行である。以来、ケアンゴームとの時間をかけたつきあいが始まった。夏やイースターの休暇時期など、仕事の合間を縫ってケアンゴームに通うようになる。ケアンゴームの南側、ディー川沿いのブレマー村にあるダウニー家やマグレガー家、またディー川をさらに西に進んだところにあるマギー・グルアの家、それからケアンゴーム北側のマッケンジー家。こうした人々のところをベースキャンプにして、ナンは山と、また山に暮らす人たちと知り合っていったのだった。ケアンゴームには急峻な崖も多く、ロッククライミングを楽しむ人たちもいるが、ナンの登山はザイルやピッケルといった道具を使ったものではないし、厳冬の悪条件の中を突っ込んでいくような挑戦的スタイルでもない。彼女は歩き、立ち止まり、横になり、五感を使う。すべて時間をかけて。誰にでもできるはずのシンプルなことだが誰にでもできるわけではない。それが彼女の山歩きだった。

しかしその彼女も山登りができなくなってくる。五十代の半ばに甲状腺を患い、手術ではその九割を切除した。六十三歳で教員養成学校を退職した後は『アバディーン大学評論』の編集を任され、精力的に仕事をこなしたが、六十代終わりには心拍の不調をうったえ、七十歳の春に倒れて救急車で搬送されてもいる。長く病気を患っていた母はナンが五十七歳の時に死去したが、その後、家族の一員だった家政婦のメアリ・ローソン（Mary Lawson）が車に轢かれ、片足を切断する手術を受ける。七十八歳のナンが八十七歳で義足のメアリの面倒をみながら生活をするも、五年後にメアリは病死した。はじめての一人暮らしとなったナンが自宅で倒れて意識を失ったのは一九八〇年のこと。幸い近所の人が発見して病院に担ぎ込まれた。回復後はついに自宅を離れ、バンコリーの老人ホームに入居した。この村はさらにケアンゴーム周囲の低山地域に近く、ナンの部屋からはクラフナベン山（Clachnaben. 五八九メートル）がよく見えた。

最期はアバディーン郊外の病院で迎える。一九八一年二月二十七日、八十八歳になって間もなくのことだった。死因は肺炎。アバディーンの町は、一九六九年に沖合に油田が見つかって以来発展し、見違えるほど大きくなっていた。

訳者あとがき

芦部美和子

二〇二一年十月、シェパードが「彩り豊かな月。六月よりもずっと色鮮やかで、その強い光は八月よりも鋭い」と書いた月、そして、「見るものすべてがウイスキーの黄金色に輝く」と表現した豊かな季節に、私たちはケアンゴームの山々を歩いていた。入国のための度重なるPCR検査（当時は出国前、入国後と最低でも計三回の受検が必要だった）、イングランドでの十日間隔離を経て、ようやく辿り着いたケアンゴームの地は、まさに別天地だった。登山者たちにとって短くも貴重な夏が過ぎ、スキーシーズン到来にはまだ早すぎるとはいえ、山では不安になるほど人に会うことが少なかった。一九七七年の出版当時でさえ、シェパードは執筆後の三十年間でケアンゴームがいかにリゾート地化され、「人間の存在そのものがあからさまに」なってしまったかについて言及しているが、近年のハイカー急増、山頂付近の渋滞、ゴミ問題の深刻化など気がかりな事前情報は絶えず、本書に描かれるケアンゴームの姿とはかなり違っているかもしれないことを覚悟していた。しかし、コロナによる移動制限もあってか、一度山に入ってしまうと一日に会うのはせいぜい数組のハイカーのみ。ケアンゴーム奥部に近づけば近づくほど、人の気配は遠のいた。今思えば、これはシェパードが歩いていた頃の様相に近かったのかもしれない。

ケアンゴーム初心者が、シェパードに倣っていきなり十月の夜にビバークというわけにはいかなかったが、ただひたすらに歩いただけでも、わずか一ヶ月の間にくるくるとその装いを変える、驚くべき世界を目の当たりにすることができた。まだへザーがそこかしこに生い茂り、夏の名残を残していた十月初め。しかし、数日のうちに雪が降り始め、山の稜線付近はすっかり雪化粧を纏った。もう冬の到来かと思った矢先、今度は十月らしからぬ強烈な日差しが雪を溶かすと、その下からは植物たちが目に眩しい鮮やかさで輝き、山は一斉に燃え上がった。初夏を思わせる暖かい日があったかと思うと、突然吹雪に見舞われる。シェパードを気取って「この山々にあって、急ぐことは何の意味も持たない」などと悠長にしていたら命を落としかねないと思いながら、雪に、雨に、風に打たれて先を急ぐこともあった。

ケアンゴームではこれまで肉眼で決して見ることのなかった〈色〉にいくつも遭遇した。本書を読んではいたものの、文字で理解するのと実際にその色に取り込まれるのとでは話が違う。なかでも想像をはるかに超えてきたのは、青と紫を往還するような色相域だ。

ケアンゴーム最高峰、ベン・マクドゥーイ山行では、まさにこの青の洗礼を受けた。雨と霧に閉ざされた山頂をあとにし、彼岸とも此岸ともつかない現実味に欠けた広大なプラトーを下っていくと、白一色だった世界にぼんやりとした形が現れ始めた。重苦しかった空が少しずつ軽やかさを取り戻した頃、気づくと私たちはラリグ・グルーの崖の縁に立っていた。つい数時間前には雨に濡れ、陰鬱ないかめしさでそびえていたラリグの対岸に、どこからともなく薄い霧が流れ込んできた。崖一帯が白いヴェールを纏ったかと思うと、黒々としていた崖は、みるみるうちにやわらかな紫に塗りかえられていく。仰ぎ見た谷向こうの空には青空が顔をのぞかせ、音もなく雨が降っていた。振り返ると、背後の斜面は一面痺れるような青紫に染まり、足元の石も、自分の手のひらさえも真っ青。まさに「魔法にかけられた」ようだった。

雪原もまた、青とも紫とも、そして緑ともつかない色のあいだを揺れ動いていた。一夜のうちに銀世界となったスコール・ゴーイ山頂部に広がる、風が作り出した雪の「さざ波」。見渡す限りの大海原は淡い青紫の光を放ち、空と地の境は溶けて見えない。陽が傾き、雪原に暗い色の岩や草が顔をのぞかせる場所まで下ると、山は鬼火を思わせる青緑に燃えていた。シェパードは次のように書く。

人はこれを見に戻らずにはいられない。さらにはもうひとたび。なぜなら、これと離れているあいだ、記憶のなかであの明るさを再現することは不可能だから。……与えてくれたすべてを持ち帰ることはできないし、持ち帰ったものが現実だったのか、必ずしも信じられるわけではない。

（一、プラトー）

色だけではない。ここでは湖も常識を超えてくる。そそり立つ黒い要塞、ガーヴ・コーラなかほどに浮かぶ（としか思えない）緑の湖、ロッハン・ウアーニャが目に飛び込んできた時の驚きと戸惑い。これはシェパードがケアンゴームの四つの「緑の湖」のうち、二つ目に挙げている「非の打ちどころのない輪郭」を持つ湖だが、それがこの湖のことだとわかるのに何日もかかってしまった。現実のロッハン・ウアーニャは、言葉にするにはあまりに強烈で、現実離れしていたからかもしれない。時が経つほどに、その存在は私の中で大きくなっているのだが、一方で、ブレーリアッハの肩から見たものが現実だったのか、半ば信じられなくなり始めてもいる。こうして書いている今も、あの日見たものを確かめに戻りたい衝動に駆られてしまう。

非現実的なものとの邂逅に対して、現実的な出逢いは動物たちだった。丘の稜線に目を走らせていると、ふいに動いてその存在を知らせる小鹿。夕暮れ迫るプラトーに突然走り出て来るコバシチドリの子ども。どちらも、その警戒心のなさにこちらの方が心配になる。または、杭の先端にさりげなく鎮座するイヌワシ。それと気づかなければ、間違いなく通り過ぎていただろう。そして、小さな体をふるわせ、うっとりするような歌声を聴かせてくれるミソサザイやコマドリたち。森を立ち去るのが、どれほど名残惜しかったことか。欧米の山々を二十年近く歩いてきたが、これほど生命力に溢れた場所は珍しい。

シェパードの説明にもある通り、ケアンゴームの山々には私たちが想像するような山頂らしい山頂はなく、山行を忘れがたいものにするような瞬間をいつどこで体験するかわからない。天候、光の具合、そこに居合わせた動植物、水の状態、石の一つ一つにいたる「山の一部」、すなわち「山にとって不可欠な存在」が奇跡的な確率で交差したとき、その瞬間は訪れる。どんな山であれ、こうした瞬間に遭遇すると、登山は登頂することがすべてではなく、高さや速さなどでその価値をはかれるものでもないということを改めて思い知る。シェパードより十六歳年下ではあるが、シェパードとほぼ同時期に登山を始めた英国人作家のエリザベス・コックスヘッド（Elizabeth Coxhead, 1909–1979）は、彼女の登山体験をつづったエッセイ「初めての山（'First Mountain'）」（1955）のなかで次のように述べる。

すべての山は初めての山だ。……同じ景色や状況は二度とくり返されない。たとえば雪、霧、強風、ブロッケン現象、色彩や光の初めて目にする強烈な作用など。まったく同じ登山など二つとないのだ。（強調点は筆者による）

西洋のアルピニズムにおいては、数値化された記録と並び、初登頂や未踏ルート踏破など「一番／最初（first）」であることが評価の対象とされてきた。その結果として、登山は競技スポーツ的な要素を色濃くしてきたといえる。これに対し、コックスヘッドの主張は、誰かと先を競い、初登頂にこだわる登山観とは対照的だ。同じ「first」でも、一番になることではなく、同じ山であっても初めて体験する登山の価値、すなわち登山の一回性を主張する。山はその時々の自然現象のみならず、登山者の心の状態や体調によってさえもその姿を変え、これによって登山体験の印象も大きく異なる。これは、山に登ったことがある人ならば誰しも思い当たるふしがあるだろう。シェパードの登山観も、コックスヘッドの態度と多くを共有するものだ。両者は共に、山頂に到達すること、誰かに勝利することに価値を見出すのではなく、山を知ること、山から学びうる知について、コックスヘッドは主に小説作品を通じて、シェパードは詩や散文作品を通じて、山の生と人間の生を交錯させながら描き出した。シェパードにとって、一回一回の山岳体験は、知っているはずのものに「もう一度出会い直す(recapture)」ためのものであり、「山の本質」を解き明かしてくれる一ピースだった。彼女もまた、登山の一回性を認めていたからこそ、時間をかけ、生涯同じ山々に登り続けたのだろう。「もう一つ、もう一つと知ることに終わりはないのだ」から。本書の二〇一一年版のために「序文」を執筆したロバート・マクファーレンは、本書が登山文学というより、山岳文学にカテゴライズされるという指摘をしているが、コックスヘッドやシェパードのこうした登山に対する価値観を鑑みれば、本書はいわば、主流とは異なるひとつの登山観を示した登山文学でもあるのだ。

『いきている山』がさまざまな観点――たとえば、エコクリティシズム、現象学、美学、文化人類学など――から議論可能な作品であることは間違いない。ここでそれら一つ一つについて詳細に語ることは控えるが、スコットランドの片隅で一教師として生涯を終えたシェパードが、どれほどの慧眼を持っていたかについては驚嘆に値する。実際、静かにではあるが、着実に彼女が注目を浴びるようになった近年、本書は彼女の代表作として各分野の研究者のみならず、(訳者解説でも例を挙げたように）あらゆる表現芸術に関わる人々に強い影響を与えている。これは、本書が肉体あっての感性を知性で覆い隠すことなく、固定観念や予定調和にとらわれない世界の見方を示したものであることを考えれば、当然のことかもしれない。

しかし、本書は限られた人々のためだけの本ではない。本書を手に取った人誰もが、ケアンゴームという（ほぼ間違いなく）未知の場所について書かれたテクストを通じて、何らかの共感を覚え、インスパイアされ、その人が必要としているものを見出すはずだ。なぜなら本書は、山という特殊な状況を描きながらも、自然とも肉体とも無縁では生きられない私たちが、感覚を介して世界と接続されうることを描き出した作品であり、また、「平凡なものを輝かせる」ことを追求したシェパードが辿りついたひとつの答えでもあるからだ。感覚をひらいて世界に触れる経験は「育って」いく。対象を貫くほどの愛と敬意をもって見つめ、その〈声〉に耳を傾け、対象に触れることでそれを感じ、その匂いを嗅ぎ、時に舌で味わう。彼女はこれらの感覚を通して対象の中へと入っていき、ただじっと対象に寄り添う。そうして、焦ることなく対象を「知って」いく。そこにあるのは徹底した受動性。シェパードの文章は登山文学が陥りがちな押しつけがましさとは無縁だ。彼女はこうした一連の経験についいて、次のように書く。

これは育つ経験なのだ。特別なことなど起こらない日々ですら、欠くことのできない要素が書き足されていく。

（十二、存在）

シェパードの山岳理解の中核にあるのは、「山はひとつ、分かつことなどできない」「全てなる山」という概念だ。十二章にわたり、山にとって不可欠な存在が緊密に絡み合いながら次々と描き出されるが、そこには山に存在する生きとし生けるもの――動植物のみならず、山に生きる人々、シェパードのように山を歩き回る人間まで――をはじめとして、土、岩、水といった山を構成するものから、山々が纏う空気や山に吹く風、山のはるか上空にたなびく雲までもが含まれる。生涯をケアンゴームに生きたビッグ・メアリもそのうちのひとりだ。九十歳で亡くなった彼女の葬儀で、シェパードは彼女に捧げられた花輪に目を留める。

誰かが〈本当にありがたいと思う〉メアリのために花輪を編んでくれていた。それは、ヘザー、ナナカマドの実、オーツ麦、大麦、ジュニパーといった、彼女が日々目にし、手にしていたものたちで編まれていた。

（九、いのち――人間）

山に生まれ、山に暮らし、「大地のような泥臭さと嵐のような激しさ」をその特質とする「不屈の人」メアリの生を象徴するのが、この花輪だ。「鳥が急降下するラインを思わせる荒野の長い傾斜、輝く崖、そして家を取り巻く風」、こうしたものをいつしか自身のうちに取り込んでいたメアリは、シェパードにとって〈山の全体性〉を体現したような人だった。花輪に編まれている山の植物――そのどれもが、メアリが「日々目にし、手にしていたもの」——同様、彼女もまた、山をとりまくあらゆるものと有機的に結びつき、山という全体に編み込まれた「全てなる山」のひとつの姿なのだ。そうした視点をもって何気ないこのくだりを読むとき、この花輪は特別な輝きを放ち始める。つまり、ナンが信じたように平凡で日常的なものが、普遍的なものとして輝き始めるのだ。何よりも、本書がケアンゴームという特定の山について書かれた本でありながら、特殊な場所の話にも、山の話にもとどまらず、時代も地域も超えた普遍性を持ちえた話となりえているという事実が、その証であろう。

こうしたことすべてを抜きにしても、本書は読むことそれだけで美しい。シェパードは、彼女が「存在の動き《motion of being》」と呼ぶものを音楽や楽器にたとえて表現するが、本書そのものが音楽のような響きを持つ。読むだけで目の前に情景が浮かび、音が聞こえ、香りが漂う。感覚の一つ一つがひらかれていくようだ。それだけに翻訳にはこれまで経験したことがないような時間を要した。シェパードのテクストが持つ詩のようなリズムを壊さないよう、また、シェパードがそうしたように、山にとって不可欠な存在すべてが「いきている」主体《エージェンシー》となるよう、可能な限り能動態で訳すことを心がけた。ケアンゴームの「全てなる山」を描き出すことを通じて、他者を理解するということについて、ひいては世界を知ることについての方法を示した本書は、ケアンゴームの自然のみならず、この世界のあらゆるささやかな生に捧げられた賛歌なのだ。

謝辞

山岳文学研究をしている私たちがナン・シェパードのテクストに出会ったのは五年前のことだった。いつか翻訳したいと思っていたが、「いつか」というのが曲者なのはよく知られたことである。

しかし、二〇二一年、コロナ禍により一年間の在英研究の計画が水泡に帰し失意落胆していた私たちに、写真家の志賀理江子さんが、石巻の芸術祭「リボーンアート・フェスティバル」で、ナン・シェパードをテーマに対談をしないかと声をかけてくださった。ならば翻訳も出版しよう、と長年のムズムズが一気に実現に向けて動き出したのである。フェスティバルでのトークには、志賀さんだけでなく、「食猟師」の小野寺望さんも参加してくださった。山の生き物と人間との関係を常に体で思考している方だ。あのトークイベントで私たちは本当にたくさんのものをいただいた。志賀さん、小野寺さん、そして運営に関わってくださった方々や参加してくださったお客様に改めて感謝したい。

スコットランドでは、シェパードの母校、アバディーン大学のアリソン・ラムズデン先生、ティモシー・ベイカー先生、エリザベス・アンダーソン先生が、日本から突然やってきた研究者を温かく迎え入れてくれた。多くの有益な情報をいただき、また帰国後も、細かな質問に丁寧に答えてくださった。また、本書に出てくる山や湖の名前の数々だが、ゲール語由来のものになると複数の発音がありうる。それをカタカナ表記にするのがまたひと苦労。困った私たちを助けてくれたのは、スコッツ語をよく知り、スコットランド・ゲール語の指導も行っている村山淳さんだった。どうしてこの人たちはこうも惜しげ無く知を分け与えてくれるのか。ありがたい限りである。

エディンバラのスコットランド国立図書館では、シェパードの手稿など、貴重な資料を閲覧させていただいた。本書の肖像写真も当館所蔵のものである。気持ちのよい館員の方ばかりで、再訪の日が待ち遠しい。

本書出版にあたって、スコットランドの出版助成機関、Publishing Scotland から翻訳助成をいただくことができた。このプログラムは、存命のスコットランド作家による作品翻訳が対象なのだが、私たちの熱意を汲んでくださったのだと思う。なによりもシェパードが今なお「いきている」作家だと証明されたことが嬉しい。申請手続きから本書の完成に至るまで、みすず書房の小川純子さんがご尽力下さった。そもそも、小川さんが私たちのシェパード愛を受け取ってくれなかったら、この翻訳計画は幻に終わっていただろう。想いを受け取ってくれる人がいることが、どんなにありがたいことか。

本書はここに名前を挙げることのできなかった多くの人に支えられてできあがった。この場を借りて心から感謝を申し上げたい。

最後に、ケアンゴームでの実地調査でアシスタントをしてくれた私たちの息子、然に感謝する。写真撮影を担当し、ときに先頭に立って私たちを鼓舞してくれた。背中に担いで一緒に山に入っていた子が、ずいぶんと逞しくなったものである。

［写真］
表紙：ベン・バイナック（バイナック・モア）山腹の草花に紛れるコバシチドリの子ども
別丁カラー：
　p.1　　ベン・バイナック（バイナック・モア）北東斜面の岩に張り付く苔と氷
　pp.2-3　グレンモアからプラトー方面を望む
　p.4　　ブレーリアアッハ肩部から望むロッハン・ウアーニャ

著者略歴

(Nan Shepherd, 1893-1981)

スコットランド北東部の村，ピーターカルターの中流階級の家に生まれる．1915年にアバディーン大学を卒業後，アバディーン地区養成センター（教員養成学校．現アバディーン大学教育学科）の講師となり，1956年に63歳で退職するまで同校で英文学を教え続けた．退職後は雑誌『アバディーン大学評論』の編集に精力的に取り組んだ（1957-1963）．1928年 *The Quarry Wood*，1930年 *The Weatherhouse*，1933年 *A Pass in the Grampians* と立て続けに小説作品を出版．1934年には詩集 *In the Cairngorms* を発表．1964年アバディーン大学より名誉博士号を授与される．1944-45年ごろに執筆された『いきている山（*The Living Mountain*）』がようやく出版されたのは1977年のことだった．1981年，アバディーンの病院で死去．享年88.

訳者略歴

佐藤泰人〈さとう・やすひと／Yasuhito Sato〉東洋大学文学部英米文学科准教授．Queen's University of Belfast 英文科博士課程修了（PhD）．専門および研究対象は英文学，とくに20世紀アイルランドおよびイギリス詩，山岳文学．共著書に，『アイルランドの経験——植民・ナショナリズム・国際統合』（法政大学出版，2009年）など．共訳書に，『マルドゥーン詩選集 1968-1983』（国文社，1996年）．論文に，'Poetry and Mountaineering in Leslie Stephen's *The Playground of Europe*'（2020年）など．

芦部美和子〈あしべ・みわこ／Miwako Ashibe〉現在，一橋大学大学院 言語社会研究科博士後期課程，東京都立大学非常勤講師．専門は英文学，現在の主な研究対象は山岳文学および女性作家による登山文学．主な論考に，'Post-War Recovery and Women Mountaineers: Nameless Women in C. E. Montague's "Action"'（2019年），「オルタナティブな登山観——エリザベス・コックスヘッド『ワン・グリーン・ボトル』における登山表象」（2020年）など．

ナン・シェパード
いきている山
芦部美和子・佐藤泰人訳

2022年10月17日　第1刷発行
2023年1月23日　第2刷発行

発行所　株式会社 みすず書房
〒113-0033 東京都文京区本郷2丁目20-7
電話 03-3814-0131(営業) 03-3815-9181(編集)
www.msz.co.jp

本文組版　キャップス
本文印刷・製本所　中央精版印刷
扉・表紙・カバー印刷所　リヒトプランニング

ISBN 978-4-622-09529-3
[いきているやま]